—————— 阅读之前 没有真相

午夜文库

敲响密室之门 2

[日] 青崎有吾 著
赵婧怡 译

新 星 出 版 社　NEW STAR PRESS

目录

1	开了洞的密室
39	关于手表的几个谎言
73	穿地警部补,有案子
107	消失的少女 追寻的少女
149	最愚蠢的溺死者
197	密室之门打开时

开了洞的密室 ————

1

"第十七条。好了,开拍!"

穿着围裙的导演,手举智能手机,冲着我们这边喊道。

"Hey Guys,我是御殿场倒理。"

"那个——啊——大家好。我叫无片,不是,我叫片无冰雨。"

就在我挥着手爽朗地说完后,我身边一个穿着西装的男人接着说道。虽然他又把名字给念错了,不过和之前的连续十六次NG相比,这已经是在容许范围的失误了。

"说起来我们的工作不太寻常。今天我们就来介绍一下吧。"

"我们两个人,其实都是侦探。我们共同经营着一家,侦、侦探事务所。"

"事务所的名字就叫'敲响密室之门'。"

"听起来可是个怪名字啊。真是不好意思。"

"不奇怪啊,不是挺酷的吗?"

"根本就不酷好吗,哪怕真的酷,也根本不是个像样的事务所名字,"冰雨停止了他的职业性笑容,转头看向我,"现在已经有很多人把我们事务所当成咖啡馆误闯进来了。"

"也不是很多吧,一周一个。"

"已经够多了,都比来委托我们的人多了。"

"可是,如果委托人够多,我们也不需要来拍这种东西了吧。"

我苦笑起来。而导演则皱起了眉头。糟了,我可不想再NG了。

"啊,话说回来,我们并不是开咖啡馆的。虽然我们会请委托人喝咖啡,不过都只是便宜的速溶咖啡,而且也没有续杯服务。"

"虽然是便宜的咖啡,也物超所值。我对自己冲泡的咖啡口味可是有自信的。"

"你的自信不需要用在这种地方,"我用胳膊肘捅了他一下,"哦,对了。说起来之所以没有续杯服务,也是因为,大部分情况下,委托人的话在一杯咖啡的时间内就能说完。"

"没错。之后我们会马上开始调查,并且很快解决事件。这就是我们'敲响密室之门'事务所。"

"你刚才已经说过了。"

"哦?是嘛。呃……下面该说什么来着?"

接下来的四秒钟,整个接待室兼起居室一片安静。导演赶紧做了个口型发出指示,"地址、地址"。冰雨打了个响指。

"对了,地址!事务所位于东中野车站往南走五分钟的地方。"

"不,应该是七分钟。五分钟是中介公司乱说的。"

"这个不用特意说出来,"他又回捅了我一下,"身体状况良好的话是徒步五分钟。"

"那得是健步如飞吧。"

"都说了不用特意说出来。"

导演抬头看了眼天花板。应该不是在赞叹我们天衣无缝的对口相声。没关系,接下来我要出大招了。

"正在看着这个视频的你,如果身边发生了什么事件,就来我们这里吧。我们可是超级优秀的侦探。还有在警局的朋友,事件的解决率也相当高,如果把两个人的解决率加起来的话。"

"没错。如果大家身边发生了不可解的事件,一定要来找我们。我正是专门解决这种事件的。"

"不要只宣传你自己。我是专门研究不可能犯罪的。像是密室杀人,或者是尸体消失之谜,都是经常发生的哦。"

"并不会经常发生。"

"倒是比把自己名字念错更常见点吧。"

"都说了是因为紧张,我有什么办法!"

"已经录到第十七条了,也差不多该习惯了吧!这种视频人家看到开头你打招呼的地方就要点右上角的叉了。"

"没准哦。大概是你说 Hey Guys 的时候人就全跑光了吧。"

"美国的视频博主可都是这么打招呼的好吗!"

我们俩同时站了起来,你看看我,我看看你。而后又转向了摄像头的方向。

而后我们勉强摆出笑脸,搭着肩膀。

"就是这样,请来委托我们吧。"

"我们是'敲响密室之门'侦探事务所。"

"好。停!"

导演——在这里打工的药子放下了拿着手机的手。我们马上就停止了虚假的友情表演。

"药子,怎么样。我觉得这条是拍得最好的了。"

"还要拍第十八条吗?"

"不,这条可以了。"

她的笑容里明明白白地写着"就算拍再多遍,这两个人也不会再有进步了"的同情,虽然我也发现了这一点,不过好歹导演总算说了 OK。哎呀真是的。

药子熟练地操作着智能手机,几分钟后,便将视频上传到了 Youtube 上——【介绍宣传片】"敲响密室之门"侦探事务所。冰雨打开笔记本电脑,马上点开播放进行确认。很快,画面上便出现了两个坐在沙发上的男人,一个是大喊大叫毛手毛脚的卷毛男,另一个则像是要去参加公司面试的土气眼镜男。

"我的眼神怎么这么诡异?"

"我的西装怎么褪色这么厉害?"

"你们俩不是一直都这样嘛。"

这部花费了我们一整个周日上午时间拍摄出来的视频,质量却如此令人悲伤。不过不管怎么说,这跟我都没关系。毕竟提出要拍宣传视频的人是药子,而耽误时间一直 NG 的人是冰雨。

"如果能多吸引一些委托人就好了。"

"要是委托人看了这个视频,估计会关掉页面去找别家侦探吧。"

"别这么消极嘛。哪怕能多骗来一个人也好。"

在说出"骗来"这个词的时候已经完蛋了吧。

"不过没听说有侦探会在视频网站上放宣传视频呢。"

"因为现实里的委托人实际上并不多。不过这样也总比什么都不做强吧。反正不要抱有期待,等等看吧……"

咣、咣、咣咣。

突然间,一阵干涩的声音响了起来。我们三个人都竖起了耳朵。

有人在敲玄关的大门。

"好强。这么快就有效果了。"

听到我这么说，冰雨耸了耸肩膀。咚咚咚咚，短促的敲门声仍在继续着。

说起来，我们忘了在视频里提到一件事。那就是我们事务所的玄关是没有应答机的。不管是电子门铃还是摇铃，包括门环之类的都没有。来访者必须得用手敲门，然后我们会通过敲门声的强弱和间隔，来推测现在站在门口的到底是个什么样的家伙。今天的敲门声算是比较容易推理的。

"一开始的敲门声带着些许迷惑，"我说道，"所以是第一次来我们这里的客人。如果是把这里当成咖啡馆的人，不会这么敲门。应该是委托人。而且挺着急的。"

"不过这声音是用手背轻轻敲门，"冰雨补充道，"并不是那种粗暴的敲门声，所以并没有着急到已经忘我的程度。"

第一次来进行委托，而且是紧急事件，也应该比较明理。结论：这是个优质的客人。

药子像平时一样喊着"来了来了"走向玄关。我们则赶紧收拾了一番这间接待室兼起居室的房间。有吃了一半的威化棒，还有买来就一直放着没用的铁道模型和飞镖盘。还有堆在杂志和旧报纸堆上，早就过了季的围巾和外套。最近这房间实在是有点乱。我们把杂物先统统堆到沙发后面，而后再像刚才拍视频时一样，坐到沙发上。当然，并没有像刚才一样勾肩搭背就是了。

此时，药子带着委托人出现了。这是一位头发花白，看起来感觉像语文老师一样的大叔。男人礼貌地打了个招呼，"我叫志田。"

"您请坐吧，"冰雨点了点头说道，"您该不会是看了那个视频广告来的吧？"

"嗯？没，没有。"

"没看就对了，"我说，"您有什么事吗？"

"啊，是的。是这样的，昨天我朋友家里发现了一具尸体。看起来像是被什么人杀死的……虽然警察也来调查了，可是因为发现时的状况实在是太奇怪了。所以也想请侦探来调查一下。"

"你选对了。你有潜力参加答题节目哦。"

"你说的状况奇怪，具体是指什么呢？"

我负责贫嘴，冰雨负责询问具体事务。我们俩的巨大差异，让委托人迷惑地来回看着我们俩，而后缓缓地说起了事件的原委。

"被害者是住在附近的一位名叫石住茂树的人。他平时喜欢自己动手做点东西，经常把自己家的别屋①当成工作室使用，周末没事就经常窝在里面制作家具。我最近也开始学着做手工，所以经常会去石住先生家借工具。昨天也是想着，趁着白天去别屋找他。可是，不管我怎么喊他都没有回应。我想着会不会在主屋那边，但以防万一，还是透过窗子往里看了一下……结果发现了尸体。"

"在别屋里发现了尸体啊，"我摸了摸下巴说道，"别屋的出入口只有大门吗？"

"是的。窗子被封死了打不开。"

"那门锁呢？"

"是锁着的。石住先生自己在屋里时，总会把门锁上。而后根据警察的调查发现，门的钥匙就在尸体的口袋里……"

"这是密室杀人！"

我发出了高兴的呼声，冰雨尴尬地叹了口气。这明明就是他

---

①别屋：日本旧式宅邸的一种建筑物。在一户建中，家庭成员主要活动或睡觉的房屋称之为主屋。主屋旁另外建造的独立建筑物，称之为别屋。一般来说，别屋比主屋小，里面的设备只能满足最低需求。

刚才说的"稀奇事件"嘛。我所擅长的，正是解开不可能犯罪之谜，这可是我的专业领域。我充满干劲地朝桌子的方向探出身子。

然而这原本对我相当有利的局势却——

"不，现场并不是密室。"

被这样一句话打破了。

"为什么？窗户不是封死的吗，门也上着锁，钥匙在房间里。"

"确实如此。可是……"

药子端来了我们的便宜咖啡，放在了桌子上。志田先生没有加糖和牛奶，就直接一口喝了下去，也不知道是因为咖啡的苦味，还是因为事件给他造成的困惑，他一直皱着眉头。

"可是啊，别屋的里侧墙上，被开了个大洞。"

"…………"

我靠回沙发上，这次换成冰雨探出了身体。

2

我们搭乘青梅线,在车厢里晃荡了一个多小时,终于来到了这个奥多摩附近的小城镇。

这里的视野相当狭窄。因为小镇前后左右都被山头包围着。可以听到如同环绕式立体声般的鸟儿的鸣叫声。在车站附近看不到咖啡馆或者便利店之类的门店,只有一块铁锅饭的招牌,也不知道这是不是本地特产。

"如果这里也能算东京,那岛根都能有天空树了吧。"

"又不是只有二十三区才算东京,"冰雨一边伸着懒腰,一边舒展着僵硬的背部说道,"我们也差不多该弄辆车子开了吧。"

"那你就努力赚钱到汗流浃背吧。加油啊,冰雨。"

"别说得这么事不关己啊,倒理。"

"今天的案件可是你的专业领域。我只是来看热闹的。"

"那你还不如留在家里,拍那个宣传视频的第二集呢。"

我们一边斗着嘴一边开始了行动。我们还没走到汗流浃背的程度,就到达了被害者石住茂树家。此时这家门口正聚集着看热闹的人群。不仅门口贴着黄色胶带,旁边还停着警车,看起来想要进去比我们想象得还要困难。要是能刷脸通过当然是最轻松的,不过拥有这种排面的侦探,在行业内哪怕一只手也数得过来吧。

"怎么样？要去后门那边看看吗？"

"也是……不，等一下，那不是女强人么？"

虽然没法直接刷脸通过，不过过去的交情似乎能派上点用场。我们在警戒线内的现场搜查人员中，看到了一张熟悉的面孔。

"嘿，穿地。"

我像视频博主一样抬起手来，那名女性向我的方向看来。她穿着一身西装，脸上有颗泪痣，还架着一副无框架眼镜。眼镜里侧，是那闪着光的绝对零度般的眼睛。

"我刚才就有种预感，你们是不是要来了。"

"因为早上的星座占卜节目预测今天会是最糟的状况，"她补充说道。警部补穿地决像平时一样，瞪着我们。我们之前在宣传视频里提到过的在警局的朋友，就是这家伙了。不过说起来你们可能不信，她大概并不把我们当成朋友吧。

"那个占卜节目我也看了哦。今天的幸运物是卷毛和眼镜。"

"明明是青蛙周边啦。"

穿地从胸前取出一只绿色的袋子，上面画着一只青蛙模样的警官，她从里面取出圆形的点心送进嘴里。是以前流行的一种，叫圆白菜太郎的零食。

"你们来这里干吗？"

"来观光的啊，"冰雨说，"听说这里有开了洞的杀人现场啊。"

"真不凑巧，这里可不对一般人开放。"

"你可真绝情，之前的毒杀事件我们还帮过忙的，"我说，"你忘了我们在旅馆大厅里解谜的事了？"

"记得。我还记得，你们没付咖啡钱就回去了。"

在嫌弃了我们一通之后，穿地最后妥协式地叹了口气。"算了，你们要进就进去吧。"她说道。本以为还要再跟她理论几分钟，现在倒是有点泄了气。

"今天倒是挺爽快的。"

"看来你终于认可我们的实力了。"

"从后面的树林可以看到整个现场。就算我让你们打道回府，你们也会绕到后面去偷看的。与其引发无聊的争执，倒不如直接看着你们行动好一点。"

"这么简单就能看到吗？"

"当然了，"女警官毫无兴致地回答，"毕竟墙上开了那么大一个洞。"

虽然这里的地价可能不高，不过石住家的面积还是大得吓人，差不多快赶上一个运动场大小了。

主屋像是电影《龙猫》里的房子一样大，随处可见传统的日式家居建筑设计风格，阳台和二楼倒是西式风格。从后门穿出去是个广阔的天然草坪庭院。院子一角还种着一棵樱花树，树后就是发生案件的别屋了。因为房子周围都被农田和树林所包围，所以最近的邻居家，离这里应该也有个百十来米。

"只有被害者一个人住在这里吗？"

我一边看着现场一边问道。穿地看了看主屋的方向。

"死者和妻子女儿三个人住在这里。还有他原本住在隔壁镇上的弟弟和外甥，因为家里正在装修，所以两个月前也搬来，暂时借住在这里。明明一家之主就在眼皮子底下被杀害了，可在主屋的人却似乎全无察觉。"

的确，可能是因为中间的庭院太大了吧。

"现在有怀疑对象了吗?"

"经常出入别屋的人,除了被害者,只有死者的家属和尸体的发现者——那个叫志田的男人。死亡推定时间是昨天早上十一点。那时正好有一家超市的监控摄像头拍到了志田。而死者的女儿和外甥,则互相证言当时和对方一起在厨房看电视。死者的妻子和弟弟没有不在场证明。"

"虽然也有外来人员进入作案的可能性。不过,如果只考虑妻子和弟弟的话,弟弟的嫌疑更大一些。"

"为什么?"

"你们用过电锯吗?"

"……没有。"

"冰球面罩我倒是戴过。"

穿地无视了我和冰雨的回答,径直走向现场。这里的别屋,是一个自建的木制小屋。她穿过主屋的大门,走向小屋。

"虽然我并不想性别歧视……不过女人不太可能,弄出这么个大洞来吧。"

我们停下脚步,看着眼前这个冲击性的场景。

就像之前提到过的,小屋的墙壁上被打出了一个洞。

这个洞大约高一百七十公分,宽二百公分。等于是在这道墙上,打出了一个从我脚踝到头顶的,倾斜的椭圆形大洞。被打掉的部分的木制碎片,此时正散落在我们脚下。从这洞的切口上满是毛刺来看,开洞人应该是个外行。

"啊,片无先生,御殿场先生。"

在洞的另一侧,出现了一个嘟着嘴的男人。是穿地的部下小坪。

"啊,我就说,刚刚就预感到你们也会来。"

虽然他和他的上司情绪表现完全相反，说出来的话倒是完全一样。穿地穿过墙上的大洞，进入小屋。我们也跟着一起走了进去。

这是个大约十叠①的单间。既没有贴墙纸，也没有铺地毯，是个本着实用主义打造的朴素房间。我们正面对的墙壁上，有一道门和一扇窗子。门前的地上散落着绿色的油漆，旁边还掉着一只罐子。右侧的墙壁上，则有个摆放工具和材料的架子，旁边放着一把牧田牌的电锯。原来如此，就是用这东西在墙上打的洞吧。左侧的墙上挂着空调，还靠着一张设计桌。房间中央则散落着各种工具，同时摆放着一个正在制作的桌子。

"死者死前，好像正在制作一张厨房里用的桌子，"穿地说道，"桌子上还放着设计图呢。"

我们走近桌子。与小屋一样，这张桌子同样是木制，且没有装饰的手工制品，桌脚是可折叠式的。以手工制品来说，可以算得上下功夫了。我用手碰了一下桌边，马上就听到了微小的声音，桌子也倾斜了起来。仔细一看原来是有一只桌脚歪了，在四只桌脚之中，有一只比其他的更短一些。看来死者死前还在调整桌子的高度。

桌子上用白线画出一个人形，而旁边则是一摊赤褐色的痕迹。

"看起来是个新做的东西。"

"发现时比这更新呢。"

对方递过来一张照片。

照片上是个五十岁左右的男人，眼睛大睁着，正仰面躺在桌

---

① 日本榻榻米房间的面积计算单位，一叠相当于1.62平方米。

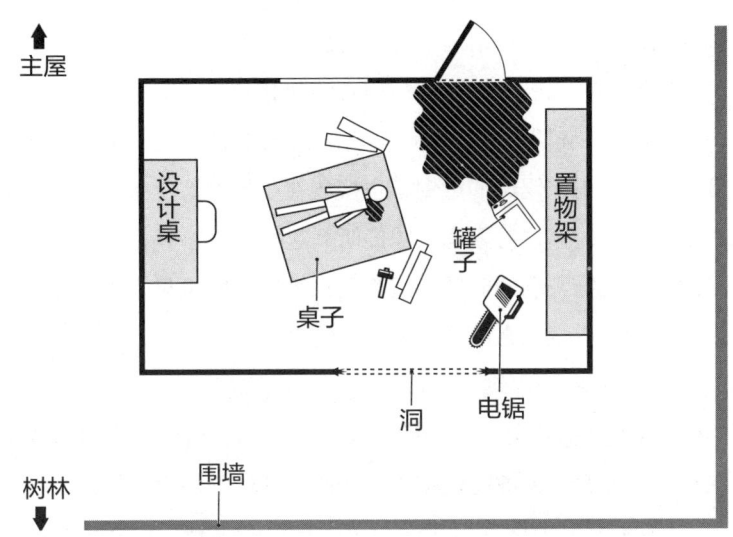

子上。他的腰上绑着收纳尺子铅笔的工作腰包。他的嘴唇青肿，衬衫上的钮扣似乎被取走了。而他的脑袋上，则插着一把大十字螺丝刀。

"我想凶器应该原本是房间里的工具，"小坪补充道，"致命伤在头部，不过他的脸上和衣服上，也有打斗的痕迹。"

看来是有人在他制作物品时前来拜访，因为什么事情争吵了起来而大打出手，并且用现场的螺丝刀刺中了他。不过能够死在自己亲手制作的桌子上，对于热爱手工制作的人来说，也算是夙愿得偿吧。

"看起来像是突发的杀人事件啊，"冰雨说道，"凶器上有指纹吗？"

"凶器和桌子附近的指纹都被擦拭掉了。而且凶手可能是戴上手套后，才使用了电锯或者触碰其他东西的。"

因为是工作室，所以架子上摆放着很多手套。对于不想留下指纹的凶手来说，可谓是求之不得。

"墙上的大洞，是从小屋里侧钻开的吗？"

"是的。从切断面和木片散落的方式来看，应该是从内侧锯开的。而且用来锯洞的电锯，也摆放在小屋的架子上。昨天早上十一点多的时候，有家里人曾经听到过电锯的声音，那时应该就是凶手用电锯开洞的时间。因为死亡推定时间是早上十一点，所以使用电锯应该是在凶手杀人之后的事。"

"家里人听到电锯的声音，没有任何反应吗？"

"因为家里经常会有各种工具发出声响，所以家人以为死者又在制作什么。关键问题是凶手在墙上开洞的理由是什么……"

"该不会是个极其愚蠢的凶手，想要尝试什么极其愚蠢的密室诡计吧？"

"看热闹的人给我闭嘴。"

又被冰雨训了。好好好。这家伙什么都好，就是开不起玩笑。

"打洞的原因，会不会是因为油漆？"

穿地指着门前地上的油漆和墙边的置物架说道。在架子的最上层，摆放着三个和掉落在地上的同样大小的罐子。

"凶手和被害者发生争执时，不知是谁撞到了架子。因为冲击，架子上的一罐油漆摔到地上，洒出的绿色油漆正好泼到了门口。如果要从门走到外面，就必须得从油漆上经过。这样凶手就会留下足迹，成为铁证。但窗户被封死了也无法通过。凶手经过一番冥思苦想后，决定使用现场的电锯，粗暴地在墙上穿了个大洞出去。"

这样确实说得通——可怎么说呢，我们在脑中想象着这个场景，冰雨首先发言。

"可是直接打破窗子不是更简单吗？也可以在油漆上垫块板

子。"

"也许杀了人之后，脑袋就没那么灵光了吧。又或者是像御殿场说的那样，是个极其愚蠢的凶手。"

"不，我收回刚才的话，凶手是个擅长运用恶毒智慧的家伙。"

三个人都露出摸不着头脑的样子，看向了我。而我则摆出经常被人说是——恶魔一样的笑容回应。

"啊，不好意思，我应该闭嘴的。"

"我突然就想听你说话了，"冰雨一脸不情愿地说道，"你刚才的话是什么意思？"

"油漆本身是用来伪装的。也就是凶手特意洒到地上的。"

"伪装？"

"只要看看就明白了。这个罐子上一点伤痕都没有。如果是一瓶装满油漆的罐子，从架子的最上层摔落下来，一般来说应该会摔出些痕迹吧。可是这罐子却完好无损，不是很奇怪吗？也就是说，这罐子并不是偶然间从架子上落下来的，而是有人特意拿下来的。"

小坪马上将罐子拿起，从头到尾地确认了一下，并且向他的上司转过头去。吃着卷心菜太郎的穿地点了点头，而我的搭档此时则失落起来。

"和密室相关的案件，还是我比较擅长。"

"大概吧。"

冰雨胡乱应付了我一句后，推了推眼镜，展开反击。

"你说的凶手故意在地上洒下油漆，意思就是，凶手是自己选择不从大门离开的。为什么他要故意堵上自己的逃脱出口，而大费周章地在墙上开这么个大洞呢……不，倒不如说是反过来吧。到底是什么理由，让他有必要在墙上打开大洞，为了隐藏这个理由，他才在地上洒下油漆的吧。也就是说，在门前的油漆，其实是对墙上大洞的伪装。"

"你说是什么理由呢？"

冰雨看着大洞的另一侧。距离洞口向外两三米的距离，是一堵外墙，再外面则是一片茂密的树林。

"只是打眼一看，这个洞，会让人感觉凶手是逃到树林里去了吧。如果直接从门口出去，有被主屋的被害人家属目击的危险，但如果直接从墙上的洞穿出去，就不会被发现了。"

"想悄无声息地逃走，还用电锯发出那么大声响在墙上打洞吗？这有点自相矛盾吧。"

"而且，哪怕凶手从正门走出去被目击到，也并不危险，"穿地说道，"小屋的前面有一棵樱花树。因为树的遮挡，所以从主屋的方向看不到别屋的门。而且这附近也没有什么邻居。"

冰雨一边继续思考着，一边在小屋里来回踱步。我再次将视线投向了现场照片。死者脸上的表情，与其说是痛苦与绝望，倒更像是在表达对什么人的愤怒。

"说起来，作案动机呢？"

"还在调查当中。目前为止还没有找到什么可疑的线索。不管是金钱方面还是异性关系方面，都没有纠葛。"

杀人动机不明。为什么现场的墙上被开了洞也不明。我确实不擅长这种寻找"为什么"的谜题。看来还是把这个案子交给冰雨为好。

而此时的冰雨则正在——盯着地板上的那个罐子。

"这个罐子上没贴标签。"

"啊，也许本来不是装油漆用的罐子吧。可能是其他什么罐子被用来替换着装油漆了……"

"那么，如果凶手是故意将油漆洒在地上的，"冰雨打断了穿地的话，"为什么凶手会知道，这个罐子里装的是油漆呢？"

——啊。

这次轮到我失落了。可恶，原来如此。在我意识到油漆是伪装的时候，就应该能够推理出这一点了啊。

"这样一来，穿地。基本可以排除是外部人员作案的可能性了吧。"

凶手需要在小屋中打洞并抹去指纹。所以自然并没有太多调查房间内部的时间。也就是说，凶手应该是从一开始就知道架子上放着油漆的人。换言之，是对于这个别屋非常熟悉的人。

除了被害者，经常出入别屋的人，只有死者家属与发现死者的志田。因为志田有不在场证明，而且凶手也不会特意跑来侦探事务所求助，所以他的嫌疑应该可以排除。

也就是说——

"我们去主屋吧，"冰雨重新系紧了领带，"凶手应该就在这家人之中。"

3

天上的云彩增加了,我们从主屋出来时,太阳已经隐藏了在云层之后。早春的天气依然有些凉爽,不过也是一年中最适合穿高领的时节。

我们一边踩着飘落在地上的花瓣,一边抬头看着石住家的樱花树,看品种像是染井吉野。虽然此时樱树已经开始抽芽,不过高高伸展的树枝上点缀着粉色的花瓣,可是相当值得一看。

"说起来已经好几年都没赏过花了啊,"走在后面的冰雨说道,"案子结束之后我们就在这里赏花吧。"

"在杀人现场旁边?"

"俗话说,樱花树下埋着尸体。哪怕多加一具也无所谓。"

"如果能在太阳下山前解决的话。"

"你怎么说出这么没自信的话啊?你不是专门破解不可能犯罪的专家么?"

"在不可能犯罪专家出马之前,你应该能更早解决吧。"

冰雨背对着樱花树,进入了思考模式。有必要如此烦恼吗?我只好说道:"这个事件已经解决了。我知道谁是凶手了。"

没错。通过刚才在主屋的餐厅和被害者家属的对话,让我如此确信。

凶手就是——

* * *

"我是茂树的弟弟,石住芳树。"

坐在餐桌对面的男人如此说道。虽然看上去他和他的兄长年龄相近,不过这两兄弟长得倒是完全不像。也可能是他嘴边留着胡子的缘故吧。

"我是多香子。"

接下来说话的,是个身材瘦削的中年女性,她一边咳嗽着一边说道。不知道是不是因为丈夫亡故的打击,她看起来相当软弱。

而后,我将目光投向了坐在多香子身边的两个年轻人。一个是明显在温室环境中成长起来的,留着长发的可爱女生。另一个则是想通过发型和打扮让自己看上去时尚一些,却掩不住柔和五官的学生模样的男生。两个人分别自称"奈保"和"健斗"。奈保是被害者的女儿,健斗则是芳树的儿子——也就是被害人的侄子。

"原来世界上真有侦探这种职业啊,"健斗超没礼貌地说道,"我还是第一次见。"

"是吗?其实是有很多啦,"而且还会把宣传视频放到网上哦,"我们想确认一下昨天的事。"

"芳树先生,昨天上午你在哪里做什么呢?"

"我出去散步了。这附近有个小瀑布,我去那里看风景。之后我沿着多摩川随便转了转。到了傍晚回家的时候,我发现门口停着好几辆警车,还吓了一跳呢。没想到我哥哥竟然……"

芳树摇着头悲叹道。所谓散步这种说辞,既然已经被穿地划进了"没有不在场证明"的分类中,看来暂时也没有找到相应的目击证人。刚才那番悲痛说是演技也不无可能。

"太太呢?"

"我啊……昨天白天一直在二楼睡觉,最近这几天我有点感冒。"

"您一直一个人在房间里吗?"

"是,是的。咳咳。"

多香子咳嗽了一声。也许是觉得再追问下去有点过头了,冰雨将目标转向了年轻的二人组。

"那么奈保和健斗呢?"

"我们在厨房里一起看电视,"健斗回答道,"昨天正好电视台在播《无线刑警》,我和奈保特别喜欢这部剧。是吧,奈保。"

"嗯……"

"啊,《无线刑警》啊。"

的确,这是根据一部人气小说改编的剧集,讲的是以前担任飞行员的刑警,使用无线电技术,解决各种事件的故事。去年夏天,这部作品被改编成了电视剧。虽然我只看了一集,不过我还记得当时冰雨说了一句:"有没有《乌龙派出所》里那样的刑警出场啊?"

先不提这个。我扭过头,观察着餐厅旁边的厨房。作为豪宅的一部分,这间厨房占据了一整个房间,里面还摆放着椅子和电视机。通过露台上的玻璃窗,正好能够看到庭院里的樱花树,感觉相当不错。不过——

"不过,一般看电视不都是在客厅看吗?那里也有电视机吧。"

"因为奈保要洗衣服,还要准备午饭啦,所以才一直待在厨房里……"

我想知道的不是奈保待在厨房的理由，而是你啊。不过算了，把正在做饭的表妹一个人丢在厨房里，自己跑去客厅看电视确实不太好。如果两个人都是剧集的粉丝，一起看倒是更快乐一点。

"从厨房可以清楚地看到庭院里的样子吧。有没有发现什么奇怪的地方？"冰雨问道。

两个人对上视线互相确认着，说道："没注意到什么吧。"

"不过刚过十一点的时候，我听到电锯声，"奈保说，"当时我以为是爸爸又在制作什么东西，所以并没有特别留意……因为樱花树挡在小屋前，所以也看不清那边发生了什么。"

"没有看到过有什么人走到别屋附近吗？"

"没有，因为我们一直在看电视剧啊。"

"我也是，睡觉的时候一直拉上窗帘的，所以什么都没注意……"

健斗一脸不耐烦的表情。多香子也有些抱歉地接着说道。我一边喝着咖啡（可比我们事务所的高级多了），一边观察着四个嫌疑人。我发现，芳树衬衫的胸部口袋里，似乎有个长方形的物品。我若无其事地指了指那里。

"这手机挺大的啊。"

"啊，是啊。最近刚买的。"

"看起来画质应该也不错吧，"冰雨立刻接着说道，"应该拍了瀑布的照片吧？"

"这……"

"现在这个年代，没人去瀑布玩却只把美景留在记忆里了吧。至少也应该拍一张照片。"

在两个人的对话中，芳树明显有些狼狈。他的手下意识地摸着手机，眼神左右游移着。最后好不容易找了个听起来很不可靠的借口。

"不好意思……昨天没拍。因为当时手机没电了。"

"这样啊，那就没办法了。谢谢你们的咖啡。"

"石住芳树就是凶手。"

已经无须再考虑了。

"知道罐子里装着油漆的人，只有死者的家属和志田。而志田以及死者的女儿、侄子都有不在场证明。剩下只有死者的妻子多香子和弟弟芳树，无论怎么想，以多香子的体格都不可能使用电锯，使用排除法就只剩下芳树。决定性的证据就是，他对于没有拍瀑布照片的解释过于牵强。"

"现在就下断言还为时过早。如果石住芳树是凶手，那么他在墙上开洞的理由又是什么？"

"逮捕他之后再问不就好了？"

对于专门破解不可解谜题的人来说，这个理由并不能说通，冰雨再一次陷入了思考。我放弃了劝说，开始观赏起染野吉井樱花。这时，穿地出现在了小屋的里侧，她用审问犯人一样的眼神盯着我们。

"你们在干吗？"

"我们在赏花呢。"

"赏花？现在是这么悠闲的时候吗？"

"我们以前就这样啦。"

学生时代时，每当樱花季来临，我总会陪朋友一起去公园或者河边赏樱。我和冰雨、穿地，以及另外一个人。每次我们都随性地聚在一起，随性地喝着酒再随性而归，既不会刻意选择地点，也不会策划烧烤一类的活动，只是随性地赏花。虽然并不会觉得特别高兴，也总会想着，明年要不然就算了吧，可是真到了第二年，又会不由自主地开始这样的赏花活动。

穿地站在我的身边，抬头看着樱花树。在几枚花瓣飘散下来时，我听到了她口中咀嚼着卷心菜太郎的声音。

"可花期已经快过了啊。"

"还赶得上。"

女强人没有回答，而是返回了小屋的里侧。我们也跟在她的身后走了进去。冰雨拍了拍西装上粘的几片飘落的花瓣，总感觉气氛有些忧郁。

"那么，片无，你找到墙上被开洞的理由了吗？"

"这确实把我难住了，"冰雨少见地示弱般说道，"无论我怎么考虑，都想不到，在墙上打开一个洞，会对凶手有什么好处。我都想同意倒理那个凶手是蠢货的理论了。"

"别见缝插针地说我坏话好吗。"

我们再次回到这个开了洞的小屋中。真是的，要是没有这个洞，就是个完美的密室杀人案了。我对这个不解风情的凶手生起气来。

"会不会，这个洞并没有什么实际意义，只是为了扰乱调查而打的？"

"这个推理才是真正的愚蠢至极呢，"穿地说道，"只是为了扰乱调查，就如此大费周章吗？"

"你说没有实际意义？"

冰雨突然接着我的话问道。

他那土里土气的外表中，唯一能给人留下些印象的眼睛，此时突然发出捕捉到了什么一般的光辉。

"对啊，搞不好那个洞本身根本就没什么意义嘛。"

"喂，"穿地摇着头说道，"就连你也赞成这个愚蠢的推理？"

"我不觉得这只是在扰乱调查。可是，这会不会是，想要掩盖什么痕迹呢？"

冰雨在洞前弯腰屈起身体，用手触摸了一下地板。他的手指上粘上了细小的粉末。那应该是电锯钻墙时留下的木屑。

"凶手行凶前，曾经和受害者发生过争执撕打。因为死者身上的钮扣被扯掉了，嘴上也有淤青。当然，凶手也有可能受到了受害者的反击，"冰雨站起身，转过头看向我们，"会不会是，那时凶手流了鼻血之类的呢，比如凶手的血溅到了墙上？"

"血？"

血溅到了墙上——凶手当然会去擦拭血迹吧。不过这还不足以让凶手脱罪。因为哪怕将血迹擦掉，也无法躲过鲁米诺测试，只要墙上稍微留下一点血迹，也能从中检测提取出ＤＮＡ。那么，如果只是撕掉壁纸呢？也不行，这个自建小屋中连壁纸都没有贴。所以要消除血迹的方法只有——

我的视线，再一次落到了地板上的某样物品上。那是手工制作与猎奇恐怖片里最经典的道具，如果想要切断什么东西，用它是最合适不过的了。

那把电锯。

"凶手想用电锯将墙上的血痕锯掉吗？"

冰雨点了点头。的确，如果将沾了血的墙壁削得粉碎，确实能够掩盖证据。警察再怎么调查，也不可能有空把木屑一粒一粒拼起来。

"可是，如果只是削掉沾了血的那一小块墙壁，就会在墙上留下非常明显的痕迹。甚至无须名侦探出马，普通人都能看出，这是凶手想要消除墙上的什么痕迹。所以，凶手使用了更加华丽的手法把墙给……"

所有人的注意力都集中在了墙上的大洞上。也正因如此，没有人注意到凶手真正的隐蔽工作。

我抹了一把脑袋上的卷毛，马上开始验证起这个推理。这个推理还不错。凶手想要通过这么做，不让人发现他在隐藏证据，的确合乎逻辑。

"如果真是这样，"穿地说，"那么墙上的大洞，就是对于那块沾了血迹的痕迹的伪装了吧。"

"没错。"

"可是凶手在门前洒了油漆，油漆又是对墙上大洞的伪装，做两道伪装工序是不是太过小心了？"

"……也许是个很聪明的凶手呢。"

"你们对于凶手的智商判断起伏可有点大啊。"

"而且，"我说，"如果凶手只是想要掩盖墙上的血迹，打一个小一些的洞就好。理论上，对于凶手来说，早一点离开作案现场更加重要。虽然说洞是开得越大越好，但浪费时间开这么大一个洞，其实并没有意义。"

"好好好，我收回刚才的话。"

冰雨像是叹气一样，吹了一口手指上沾着的木屑。

这个谜题确实不好破解。我双手叉腰，盯着这难得一见的杀人现场。密室的墙壁上被打开了一块毫无情趣的空间，划出了一个高一百七十公分，宽二百公分的斜椭圆形。看来是不是只能认为，凶手是个究极蠢货了。

"不管怎么想，这个洞都太大了。"

"就是说啊。"

对于我的吐槽，冰雨难得地表示了赞同。

"不管是为了达到什么目的，在杀人现场打出这么一个大洞，实在是超越了普通人的常识。这个洞的大小已经能过人了……等等。"

"这个洞太大了。没错，不管怎么说也是大过头了。我们之前只是思考在墙上打洞的意义，搞不好这个洞的大小才是真正有意义的地方……"

冰雨像是着了魔，向洞的方向靠近了一步。他像是想要用身体感受这个特大号的洞一般，将脸靠在墙壁上一动不动。不知道他是不是想到了什么，我感觉现在不便打扰他，因此我退后了一步，走到了那张死者生前没有做完的桌子边。

就在这时，桌子突然咔嗒一声歪斜了。啊对了，这只桌子的四只脚是不同高度的。听到声响，冰雨回过头来，我使了个眼色，示意没什么大不了的事。对啊，没什么大不了的——

咦？

咔嗒声再次响了起来。这次并不是在现实中响起，而是在我的脑海中。之前积累的前提，像是突然被踢翻一般，变成了全新的推理。这正是我解开谜题时的感觉。

"……冰雨。"

"倒理。"

这时我注意到，站在我面前的搭档正微笑着。看来我们两个人同时找到了事件的真相。今天又是平局了啊。不过因为这次的事件并不属于我的专业领域，所以这么看来，应该还是我的战斗力更强一些。

"赏花的时候需要什么呢，啤酒和下酒菜吧？"

"还有塑料坐垫。可是车站旁边没有便利店啊,只能去找找商店了。"

"喂,"穿地发出了不耐烦的声音,"等干完正事再去赏花……"

"就是因为这样我们才要去赏花啊。"

"我们已经全部知道了,凶手的名字,和墙上被打出洞的原因。"我和冰雨说道。

这位冷酷无比的女强人,一瞬间瞪圆了眼睛。希望她平时也多做点儿这么可爱的样子啊。

"你们知道凶手了?是谁,是弟弟石住芳树吗?"

"不是。"

"那,是死者的妻子多香子?"

"也不是。"

我们连续两次摇头,而后冰雨静静地公布了答案。

"是共犯健斗和奈保。"

4

"铁锅饭不能当下酒菜吧!"

"可是难得来一趟,不尝尝本地特产吗?我觉得还是应该吃吃看。"

"那就打包好带走吧。哎?怎么没有芥末味的啊。倒是还有小型投影仪啊……"

我们在这里转了半天,总算是找到了一家个人经营的商店,虽然里面的商品类目不多,但不知道为何,竟然还卖家电。我们一边抱怨着,一边拿了一些花生柿子种和腊肠。从学生时代到现在,我们一直都在买这种低档次的东西,从某种层面上来说也挺可悲的。

"穿地你喝什么,梅酒?"

"我还在上班呢。"

警部补还是和往常一样地严肃认真。虽然她对零食区好像颇感兴趣,不过她跟我们一起过来应该不是为了买东西。

穿地将一粒卷心菜太郎放进口中,说了一句"然后呢?"切回了正题。

健斗和奈保在三十分钟前被警车带走了——虽然健斗颇为抵触,不过冰雨只说了一句话,对方就像小狗一样老实起来。他说了什么我也知道,是关于厨房桌子的桌脚。

"那么，我们就先从结论开始说吧，"冰雨一手拿着芝士米饼，一边说道，"凶手在墙上钻开大洞，既不是为了悄悄溜出去，也不是为了掩盖墙上的痕迹，而是出于更加物理层面的原因。凶手是因为某件事，而导致他不得不在墙上打开一个大洞。"

"嗯？"

"是为了让尸体进入小屋。"

原来正在嚼着点心的穿地，此时停下了嘴里的动作。我将小瓶日本酒放入购物篮，而后加入了对话。

"还记得那个躺着尸体的桌子吧。那张桌子有一只桌脚比其他三只更短一些，如果靠在上面，桌子就会咔嗒咔嗒地发出声音倾斜起来。这是为什么呢？"

"是因为桌子还没有做完吧。"

"没错。然而，这里就产生了矛盾。在一张桌脚长度不一的桌子上，倒着一名脑袋被螺丝刀刺穿的男人。当然，男人的体重会导致桌子发生倾斜。那么这样一来，死者的脑袋上流出的血，就会像车子挡风玻璃上的雨滴一样，顺着桌子的倾斜角度流下来吧，对吗？"

没错，这样回答着的穿地，仍然维持着刚才的动作。看来她也意识到了矛盾点。

"但是现场的桌子上并没有血迹……而只在桌子中央附近留下了一摊圆形的痕迹。"

如果使用"崭新"这个词也许有些讽刺，但那摊血迹确实可以算得上"崭新"的。

"等一下，"冰雨说，"不要跟我抢着解谜。"

"我们是同时发现真相的，我也会解谜啊。"

"你会的是这个好吧。"他把一打六罐装的啤酒套装推给了我，而后夺回话语的主导权，继续将话题带回了他的"不可解"专业领域。

"在血液没有流下来的情况下，受害者被杀时，桌子的四只桌脚应该是同样长度的。也就是说，在凶案发生时，桌子是已经制作完成的状态。是凶手在作案后，将桌子的一只桌脚锯了下来，才会让桌子看起来像是没有制作完一样。为什么要让桌子看起来是这样的呢？因为如果这是一张已经制作完成的桌子，却放在工作室里，任谁都会起疑吧。那种违和感就是，这张桌子不是应该放在厨房里吗？"

"你是想说，真正的作案现场，其实是在厨房里吗？也就是说，凶手移动了尸体？"

"确切地说，是移动了桌子。"

冰雨微微笑了起来，按照时间线开始再次梳理案件。

"昨天十一点之前，石住茂树完成了桌子的制作，并将它搬进了厨房。当时他的侄子健斗和女儿奈保都在厨房。当时他可能将腰包里的螺丝刀忘在了厨房，因此之后又折返回去了一次。恐怕那时，茂树撞见了兄妹俩正在做什么见不得人的事吧。"

"咦？"最后这段可是我所不知道的信息，"他们是那种关系吗？"

"虽然没有确凿的证据……不过能够做出杀人这种事，并且能够让两个人结成共犯关系的动机，也只有这个了吧。当时在餐厅里向他们问话时，感觉他们怪怪的。"

的确，我当时并没有注意到他们的视线交流。

"你对这方面还挺敏感的嘛。"

"是你太迟钝了。"

因为无法反驳，我只好假装在研究火腿的样子。这火腿只有大块的包装，所以我放弃购买，太贵了。

"三个人发生争执并扭打了起来，最后健斗使用螺丝刀杀害了伯父。如果死者的尸体在厨房被发现，那就等于宣告了凶手的身份。所以两个人将尸体搬运到了别屋。因为多香子在房间里休息，而芳树外出散步，因此只要动作快点，就不用担心会被人发现。

"两个人也知道，如果不小心改变了尸体的姿势，也许会留下痕迹。不过幸运的是，尸体是躺在桌子上的，而且在桌子上留下了血迹，因此只能连桌子一起，将尸体搬运到小屋。

"也就是说，两个人搬着桌子，打开露台的窗子来到外面，准备进入别屋……然而，这里出了大问题。因为桌子太大而无法通过别屋的门。石住茂树将桌子从别屋中拿出时，是将桌脚折起，竖向搬出来的。可是现在桌子上放着尸体，当然不能再次竖着搬进去了。两个人不管怎么折腾，都无法把尸体搬进别屋。最后山穷水尽的两人，使用了非常大胆的方法，将不可能变为了可能。"

"所以他们才在墙上打了洞吧。"

"没错。他们先将桌子藏在别屋后面，然后从茂树的口袋里取出钥匙。打开门进入小屋，为了避免被人发现，他们从内侧将门锁了起来。接下来就该进入正题了。他们使用电锯，在墙上打出了一个大洞。"

因此，洞会那么大也在情理之中，如果不开这么大，就没法将上面放着尸体的桌子搬进来。

"将桌子安全搬进小屋之后，接下来就是伪装工作了。首先，他们稍微切掉了一段桌脚，让桌子看起来像是没有做完一样。接下来他们在门口洒上油漆，作为'动机伪装'。而后再将钥匙放回死者的口袋，擦去指纹。最后再从洞里出来，回到厨房。"

"石住所做的桌子，是用于在厨房中摆放的。而载着尸体的桌子，凭借一个人是无法搬运的。因此这一定是两人以上的共犯作案。根据这两点，再加上兄妹两人做出的当时在厨房的不在场证明，就能推理出凶手了。"

"等一下，让我说到最后嘛。"

"你可说得够多了，咱俩的戏份也应该均衡一下吧。"

"你解谜的时候可是一直说个不停好吧……"

解答篇还是一如既往地在我们的拌嘴中落下帷幕。穿地将最后一块卷心菜太郎咬碎，随后把空袋子揉成一团。

"御殿场的推理是对的。凶手果然是个究极蠢货。"

她一边说着，一边将一罐梅酒放进购物篮。

"结果最后还是要去赏花嘛。"我微笑着对警部补说道。

"只喝一瓶哦，喝完就回搜查本部去了。"

"哪怕花期已经过了，也没关系？"

"反正也没有人是真的想看樱花嘛，"穿地将视线从我们身上移开，"以前不就一直是这样？"

她一边低沉地说着，一边走向出口。而后又在收银台前买了一根粟米棒，一边吃着一边走了出来。我和冰雨看着她的背影，苦笑了起来。购物篮不知不觉间已经相当重了。

"买这些就该够了吧。"

"还要买个塑料垫子。"

我们在店里找了个遍，最后终于在杂货区的一角发现了塑料垫子。不过这家店的商品品类实在是太少了，只有二人用和四人用的。

我将四人用的坐垫放入了购物篮。

5

几天后的一个下午,我正坐在沙发上打发时间。

我将双脚搭在桌子上,一边吃着奶油蛋糕卷,一边翻着电影杂志。此时,这间接待室兼起居室已经稍微恢复了整洁的状态,因为我们把旧报纸和冬天的衣服都收了起来。不过这些杂物,马上又会堆积起来吧,所以再怎么打扫也只是在做无用功。

看完杂志上的马尔科维奇①特辑,我准备下周再看一次《空中监狱》,这时,冰雨拿着笔记本电脑走进了房间。

"上周的案件,还有一个未解之谜,你记得吗?"

"未解之谜?你指什么?"

"被害者的弟弟石住芳树。他当时说自己去看了瀑布,却没有给我们看当时拍的照片。"

"啊,"我全忘了,"搞不好是真的手机没电了吧。"

"不,那是在撒谎。其实他的手机里不光有照片,还有好几段他在瀑布前拍的视频呢。穿地刚才联系我了。"

"……那,为什么不能给我们看看呢?"

冰雨打开笔记本电脑,让它冲着我的方向。上面显示的是YOUTUBE的视频页面。页面上的视频标题写着"挑战喝瀑布

---

①美国演员、制片人、导演、编剧,代表作有《我心深处》《火线狙击》《空中监狱》等

泉水"。上传者的名字显示的是"耀西"。视频的播放量则是300次，上传时间是案件发生的当天。

画面上出现的，是一个穿着任天堂那个有名的恐龙形象的玩偶服，戴着墨镜挡着脸的大叔——一眼就能看出这是石住芳树。

"大家好，我是耀西。目前暂时住在哥哥家这片地区。今天啊，就来请大家看看这里的知名景点——"

啪嗒。

在崩溃之前，我把笔记本电脑合了起来。啊，糟了，应该先点个"踩"再关电脑的。

"看来是不想让别人知道这事吧。"

"应该是吧。"

一股猛烈的脱力感向我袭来，让我瘫倒在沙发上。然而，五秒钟之后，我再次挺起了身。因为YOUTUBE，我突然想起了那个东西。

"说起来，我们之前拍的那个宣传视频，现在播放量是多少了？"

"啊，上传了之后还一直没看过，现在看看吧。"

"什么什么，你们在聊什么？在说那个宣传视频吗？"

在厨房忙活的药子听到我们的对话，也摘下围裙走了过来。

"算起来已经上传十天了，播放量差不多也应该有一千了吧。"

"刚才那个耀西的都有三百，我们应该再多点吧，会不会进入排行榜啊？"

"倒理你在做梦吧。不过要是有人评论就好了，如果有观众留下好评，我们就再拍第二集吧。"

聊着聊着，大家都来了劲，我们赶紧凑到电脑屏幕前。冰雨再一次打开YOUTUBE的页面，点开了这部名为"【介绍宣传片】'敲响密室之门'侦探事务所"的视频。

"Hey Guys！"电脑中传来了十天前我爽朗的声音，而后则是冰雨努力打招呼的那句"那个——啊——大家好"。

播放数量处显示"8次"。

"…………"

"…………"

"…………"

冰雨下拉着画面，评价数是零，也没有观众评论。

"…………"

"…………"

"…………"

冰雨关掉了笔记本电脑。他一言不发，若无其事地走上了二楼。药子也一脸认真地回到了厨房。我则继续瘫回沙发上，吃着刚才的蛋糕卷。

果然，我们还是不适合做这种事啊。

关于手表的几个谎言 ————

1

"这次打赌是我赢了。"

这是初夏的某个早上。我正打着哈欠,从卧室走下楼,某个恶魔靠在沙发上这样说道。他的黑色卷毛头发,因为睡觉而炸了起来,看上去比平时更加糟糕。不过倒是难得,这家伙比我起得还早。

"什么打赌?"

"一年前那次打赌。我还记得呢。今年我可不会忘记了,是我赢了。"

看着桌子上那只绑着缎带的小盒子,我撕掉了一页头脑中的日历,突然发出了"啊"的一声。

原来今天是我的生日。

因为最近一直在调查一些琐碎的出轨之类的事件,所以我完全忘了这回事。与此同时,我也回想起了去年的事。当时倒理给我开了个"生日惊喜派对",但实际上我的生日已经过去了两个月,当时目瞪口呆的我,打赌说来年他一定会晚半年才想起我的生日,或者索性直接忘记了。他说那就打个赌,于是便成了这样。虽然就算他忘记我的生日,实际上也不会有任何影响,不过我们还是做了这个无聊的约定。

"你记得可真清楚。"

"我可是用了记忆技巧的,"倒理说着露出了洁白的牙齿,"因为你和美轮明宏①的生日是同一天。这样就能完美记住了。"

我倒是想问他为什么知道美轮明宏的生日。

"好吧,总之谢啦,"我拿起小盒子,怪轻的,"看起来不像炸弹啊。"

"要是炸弹,这分量可足够把这间房子炸得粉碎。"

"那你也得一起上路吧。"

我解开缎带打开盒子。

里面出现的是一只手表。

手表的表带,是如同削过石头一般厚的金属质材,上面涂装着闪耀着金属光泽的粉色。在黑色的表面,还印着个相当逼真的笑着的骷髅,表的长针和短针歪曲成了闪电的形状。

"……"

这还不如炸弹呢。

"你的手表也太旧了,我看是时候换个新的了。"

他一脸得意,仿佛在说"你看我也会做这么帅气的事"。也不知道他是不是认真的。不,从他拿掉我们门上的对讲机,并且给侦探事务所取名叫"敲响密室之门"这点来看,他大概确实是认真的。

"嗯,啊……那就,谢啦。"

我点了点头,有点努力想理解眼前事态的含义。我将手表戴在手腕上,今天就要戴着它上街了吗?这个生日可真是太棒了。

"哎,说起来,我们一年前打赌,赌注是什么来着?"

"高级烤肉。输的人请客。"

---

① 日本著名歌手。

"……咦，可今天是我的生日啊？"

"生日快乐，冰雨君。"

倒理耸了耸肩，仿佛一个正在下达指示的公司领导，就在我试图反驳的时候。

咚咚咚、咚咚咚、咚咚咚咚咚。

门口传来有节奏的敲门声。

我们的门上没有安装对讲机和门铃，这是为了让我们更容易从敲门声来推测来访者的状态。而这极富特征的敲门声，甚至无须我们发挥推理能力，是那家伙吧，应该是那家伙吧。我和倒理交换了一下眼神，门发出了被直接打开的声音，一个年轻男人走进了客厅。

"哎呀，你们好啊，这么早来真是打扰了。"

来者的外貌甚至连偶像明星也要相让三分，可是说话却颇为油腔滑调，这个名为神保剽吉的男人，在我身边坐了下来。他取过装在托盘里的夹心软曲奇，一边吃得满地掉渣，一边还厚脸皮地说着"能给我来杯茶吗？"。

"哟，这不是中介大佬嘛，"倒理跟他打了个招呼，"你也是来庆祝生日的？"

"生日，咦，谁的啊？"

"美轮明宏的，"我说，"你有什么事？"

"确实有事找你们。是一起不可能犯罪事件，这应该是御殿场老师的专业领域吧。"

倒理马上恢复了神气，而我则打了个哈欠。

神保算是个游走于黑白两道的中介。他通过情报网来介入各种事件，并且寻找合适的侦探进行调查，从中抽成。虽然不怎么讨人喜欢且形迹可疑，不过长期处于委托人不足的状态下的我们，倒是还挺仰仗他的介绍的。

既然他是带着工作来的，我们自然也不好赶人了。我去厨房冲泡了三人份的速溶咖啡。当我回到客厅时，桌子上已经铺满了各种文件，神保则开始说明这次的工作委托。

"昨天清晨，在大井町的公园里发现了一名女性的尸体。死者名叫奥森泪，今年二十四岁，从事玩具修理工作。平时一个人住在案发现场附近的公寓里。应该是在夜路上遭到了什么人的袭击，被人绞住颈部身亡。她的手包还在身上，没有被抢劫偷盗的迹象，也没有发现遭到强奸的痕迹。"

"是变态杀人魔所为吗？"

"嫌疑人已经浮上了水面。对方叫塚越大悟，今年二十五岁。你知道'九十九大无限'吗？"

"不知道，倒理呢？"

"我听说过。是搞职业摔跤的吧？"

"这是个乐队的名字。这是个三人组成的地下乐队。塚越是队里的吉他手兼主唱。有时也担任和声。"神保摸着下巴说道，"依我个人的意见，他应该专心弹吉他才是。"

"他和被害者的关系是？"

"恋人关系。不过最近有传闻说他俩快谈崩了。据说是经常吵架，三月的时候，他还在居酒屋里大打出手了一次。所谓大打出手，是指塚越把女朋友踹飞，而后被周围的人阻止了。"

"把女朋友踹飞，那已经是故意伤人罪了吧？"

"差不多了。顺带一提，他们打架的那家店是道玄坂的'女王鸡'。据说他家的炸串很好吃。"

这家伙的话里总是带些多余的情报。

"那么，为什么嫌疑人是这位男朋友呢？"

"在现场发现了男士项链,调查发现是塚越的个人物品。"

"那不就是他干的了嘛。"

这看起来只是一起寻常的案件。我说出我的想法,神保则好像正在等着我这么说,舔了舔嘴唇。

"问题在于手表。"

"手表?"

"被害者所戴的手表坏了,时间指向七点四十分。然而当天的这个时间,'九十九大无限'乐队,正在四谷的 LIVE HOUSE 里演出呢。当然,塚越也在舞台上表演。这可以说是铜墙铁壁般的不在场证明了吧。"

"喂喂喂,"倒理猛烈地摇了摇头,"光凭一个停摆的手表可不能证明什么。凶手只要把时间调一下再弄坏不就行了?现在可不是一百年前了。"

"这只手表可是关键证据。"

神保将一份文件递给我看。

纸上附有一张手表的商品图。那只手表,拥有着纯白的皮质表带,以及造型简洁、闪着银色光辉的表身。表盘上只有十二个阿拉伯数字,其他部分则刻画着简约的线条。不知道该说是现代派还是未来派,反正是和刚才我收到的那只完全不同的简约设计风格的作品。纸上还印着大大的宣传文案。

"疋田制作所的实力——神定之刻'施特劳斯'"。

"被害者所戴的手表,正是这款'施特劳斯'。最近,人们纷纷开始重新重视起了本地工场的技术能力。而制作精密仪器的疋田,借着这股东风,与 SEIKO 手表合作,推出了这款手表。这是一款完全预定生产,一旦设定了时间后,就能自动调整误差,绝对不会发生错误的高性能手表。敢这么做算是相当自信了吧。

请看，为了优先设计原则，所以这款手表上是没有旋钮的。电池没电了怎么办呢？'请将手表送回原厂，我们会为您免费更换'，这可以算是相当大手笔了吧。所以这样一来，普通人根本无法人为地调整这款手表的时间。"神保像个推销员一样解说道，引得倒理笑了起来，"现在可不是一百年前了。"

"……死亡推定时间呢？"

"是五月十三日晚上七点到十一点之间。因为尸体倒在马路的一边，邻居家的空调室外机正好在旁边吹着热风，所以没有办法进一步精确时间了。现场也没有发现可疑指纹。"

我们沉默地喝着咖啡。虽然嘴上讨论着杀戮的话题，客厅却被上午的阳光铺满。外面的鸟叫声与上学的小学生的喧闹声，传进了我们的耳中。

"警察查看了塚越的不在场证明之后，开始转向调查变态杀人魔这条线索。可是，如果塚越就是凶手……"

"那就是使用了某种诡计吧。"

倒理用手梳了一下卷毛。虽然引擎已经发动起来，但是老实说，我却并没有乘胜追击的打算。这好像并不属于"不可解"事件专家的活跃范围，而且我的出轨调查报告还没写完呢。

"觉得没意思，我们不接这个案子也无所谓哦，"我委婉地说道，"不好意思，神保，我们现在手头案子还真的有点多……"

"那个宣传视频拍的可真棒啊。"

"宣传视频？"

"ＹＯＵＴＵＢＥ上那个啊。我可真的看笑了。明明超级有趣，怎么播放量那么低啊。要不要我介绍给其他侦探也看看？"

"……"

他指的是我们上个月为了吸引更多委托人而拍摄的网络短视

频。在这个世界上的七十六亿人里，只有八个人看过这部视频，可以说是名副其实的失败之作。可为什么这八个人里就有这家伙啊。

他要把那个世纪级的耻辱影像，发给其他侦探看？

"倒理，"我的脸上流下了冷汗，"我们还是接了这个案子吧。"

"我一开始就是这么打算的。"

这个生日，可真是太棒了。

2

激烈的吉他独奏声震动我的耳膜，让我几乎想起了米克·贾格尔①。在发出了一段我喜欢的音色之后，演奏进入了极度自我彰显的境界，显得有些散乱。而随着鼓点的全力击打，拼了命般的高音进入副歌段落。

　　啊，我们要去哪里才好呢——
　　已经无法看见路——标——
　　这样的话我们哪里都无法到达——
　　我们失去了方向——
　　没有目的地——只能彷徨——
　　啊——

这段之后又重复了数次"失去了方向"，这首名为"失去方向"的歌曲终于结束了。总而言之，是要传达没有方向的意思吧。

现在我们正位于四谷 LIVE HOUSE 中的录音工作室里。这里的墙上，贴满了我们不认识的地下摇滚明星的宣传海报。像是什么"开炮的苯乙烯"，"RED HOT PIG"，"镰仓善哉公社"，

---

①英国摇滚歌手，滚石乐队成员。

当然"九十九大无限"也在其中。我拿下和倒理共享的耳机，回头看着那个和海报上长得一样的男人。

"怎么样？"

"这首歌不错啊。"

"你们应该再找个主唱。"

我还在客套，倒理却把实话说出来了。看来他们也知道自己唱得不好，两个男人难为情地挠着头。留着棕色刺猬头的是贝斯手钏路，穿着T恤瘦骨嶙峋的则是鼓手摸木。

"要不要听听其他曲子？我们上个月刚发了迷你专辑。"

"其实你们应该听听现场演奏，可惜今天大悟有点……"

两人将视线投向了工作室的一角。坐在那边椅子上的，正是他们的吉他手兼主唱（有时还兼和声）的乐队队长，此时他的手里甚至连乐器都没拿。看着他那一脸憔悴的样子，恐怕都没有注意到我们的到来。

"其实他能露面已经不错了，最近他一直这副样子。"

"这也是没办法啊，毕竟小泪出了那种事。"

"你们和奥森泪很熟吗？"

注意到他们使用了小泪这个称呼，倒理问道。

"嗯。我们演出或者平时开会时，她经常过来。"

"从他们开始交往时就认识了，大概是在两年前吧。"

倒理向我使了个眼色，似乎是在说"我负责这边，你去问那边"。于是我若无其事地离开这里，走近受害者的恋人。

塚越大悟是个浓眉大眼，五官端正的青年。他长长的刘海在眼前分开，正好挡住了一只眼睛，如果化个妆去搞视觉系乐队也没问题。

他一直盯着放在膝头的平板电脑，画面上播放的是照片的滚动幻灯片。而照片上的人，则是塚越和一名短发的圆脸女子——正是奥森泪。照片上的背景出现了牧场和红砖屋顶的房子，奥森泪则用手比了个反V字手。

"你们这是去德国了？"

"是在千叶拍的。"塚越抬起头回答道。

啊，原来是东京的德国村。画面切换到了下一张照片，那是在一辆游览车里，她仍然维持着刚才的姿势。

"她一直觉得反V字手是世界上最可爱的姿势，虽然现在已经不流行了。"死者的恋人虚弱地笑了起来，"她可真是个怪人啊。"

"能不能说一下十三号晚上的事呢？"

我坐在他对面的椅子上，这时塚越才开始第一次看我。他的眼睛红肿。

"那天——我在这里演出。泪没有来，当时她发了LINE跟我说，因为要加班所以今天来不了了。我们的演出是从晚上五点到八点，然后直接解散。我九点时回了家。"

"塚越先生的家是在……"

"新马场的公寓。"

新马场，距离大井町一公里。死亡推定时间是在十三日的晚上七点到十一点之间。如果他九点在新马场的话，作案时间倒是很充足。

"都怪我。"

"嗯？"

"是那家伙拿的项链。几天前我发现项链不见了，肯定是落在泪的家里了，那天她正好在家里找到了项链，想要拿给我。所以才从公寓里出来，结果就在路上被……"

塚越神色十分痛苦。虽然这么说有点对不住他，但我当时的感想只有"就随你怎么说吧"。

"泪小姐已经说过不来LIVE HOUSE了吧。这样的话，哪怕她发现了项链，也要在当天交给你吗？"

"她就是这种突然想起一出是一出的人，这家伙确实是个怪人。"

怪人啊，这可是个相当好用的说法。我的同居者也是个怪人，今天早上还送了我一块奇怪的手表呢。那家伙也会这么一时兴起就做出如此亲切的事吗——

"咦？"

当我看平板电脑时，注意到了某些细节。

德国村的回忆似乎已经结束了，平板上出现了其他日子拍摄的照片。那是在某个咖啡馆里休息的奥森泪。她的右手依然摆着反V字，左手则拿着勺子正在吃雪顶饮料。

"奥森小姐，是左撇子吗？"

"嗯。"

"那手表呢？她平时戴在哪只手上？"

"戴右手。"

"怎么了？"塚越问道。这就很奇怪了。不管是在德国村拍的照片，还是这张在咖啡馆里拍的照片，从奥森泪的袖口，都看不到她的右手上戴了任何东西。

"她平时不戴手表吗？我听说她有一只施特劳斯的手表吧。"

"会戴的。大概是在两三个月前，她才买的那块新表。啊，不过……最近，她好像确实没怎么戴过。"

"好像？恋人的事你都记不清了吗？"

"我们都交往两年半了，也不会连手表这种细枝末节都关心到吧。"幻灯片终于播放完了，塚越划动平板电脑，"你应该到现在为止，都没有和女孩子长期交往过吧？"

他一脸看透了我的样子。我咬紧嘴唇，前倾着身子，盯着这个乐队男的眼睛。

"可是你们已经不会再继续交往了吧。三月底的时候，你在居酒屋打她了吧。"

塚越沉默了。

"是我一时冲动撞了她。不过她并没有受伤，而且我事后也好好道歉了，我们的关系并没有那么糟糕。而且去德国村旅行还是在那之后……"

听起来也像是在找借口。在他充血的眼睛里，能够看到游移不定的眼神。果然不愧是名曲《无所去处》的词作者。

而后，他的眼睛固定在了一个奇怪的角度。他的视线盯着的，是我的左手。

"你的手表……挺有个性的。"

"我可不是因为喜欢它才戴的。"

坏了。到此为止吧。我打了个招呼从椅子上站起来。我回头看向倒理的时候，发现他正在和另外两个乐手聊着当代日本摇滚的话题。我扯着他的卷毛，把他拉到外面。

"有收获吗？"

"他们太依赖电子合成器了。"不，我不是问这个，"我问了关于塚越和奥森的关系，但他们的回答是'床头吵架床尾和'。你那边怎么说？"

"他夸奖了你送的手表。"

"是吧？我送你的东西可是有意义的。"

可真是个听不出好赖话的搭档。

* * *

"全国的损坏玩具都会被送过来，在这里修理之后，再送回去。"

玩具修理工作室"AQUAWOOD"的社长，一边缝着一只泰迪熊玩具的眼睛，一边说着。他看起来三十来岁，身着与自己很相称的工作围裙。他的名字是水木里资。因为从事的工作比较小众，社名听起来也很简单。这家公司位于一家商住两用楼的四楼，说是"工作室"，实际上却只是个堆满了裁缝工具和玩具的小小房间而已。

"奥森小姐一般是晚上五点下班。不过那天有个娃娃损坏得比较厉害，所以她在这里加了一会儿班，你看。"

水木用手指着架子，上面放着一只被修好的鲨鱼玩偶，还有其他小鸡玩具、斑马、皮卡丘，穿着兔子衣服的黑猫，看起来像个住满患者的医院。

"我想她是晚上六点半左右走的。那之后我和广告业务员聊到晚上八点左右。"

"奥森回去时，有没有说什么呢？比如和男朋友约好了什么事之类的。"

"好像，并没有……奥森的男朋友，是那个玩乐队的吧。她经常抱怨那个人，还说那人太粗暴已经想分手了。"

水木露出了同情的神色。可是尽管如此，晚上六点半——我一边看着玩具，一边回忆着神保的报告文件。

根据警察的调查，奥森泪的房间里似乎有煮过意面的痕迹。那天是垃圾回收日，所以应该是早上之后吃的面。也就是说，她下班之后应该回过一次家。从这个工作室到她家公寓，步行大约需要三十分钟。假如她的手表所指示的七点四十就是准确的杀人时间,那么她应该是在七点左右回家,用了三十分钟吃饭后,再慌忙外出的。如果真是这样那未免有点太赶了。

"你觉得奥森小姐平时是个什么样的人?"

"是个性格成熟稳重的人,挺不错。啊对了,那个东西也是奥森小姐买的。"

他说的"那个",指的是挂在墙上的一个软木板。看起来不像是工作用的,而是个装饰用的饰品,上面用大头钉钉着十几张照片。

"我们和客人的沟通全都是在网络上进行的,工作也都是在房间里完成,那种东西能够很好地治愈我。在其他方面她也帮了我不少忙。明明只有她一个员工,却把这里打理得井井有条……"

看来比起被害者的死,他倒是对于失去了助手更加痛心疾首。

我走近那块软木板,上面拍摄的是修理完的玩具,以及工作中的水木,还有工作室的一些日常光景,可是在知晓了社长心里的真实想法后,这些照片也显得有些不真实了。板子上贴有奥森泪的照片。她正从一只塑料桶中取出一块柏饼①,而右手依然比着那个反 V 字。从她的袖口可以看到那白色皮革的表带,是手表。

咦,为什么这张照片上的她好好地戴着手表呢?

"你们二位,如果有充满回忆的玩具想要修理,也可以送过来。我们这里也能清洗玩具哦。"

水木已经开始推销起了业务。倒理歪着脑袋重复了一遍,玩具啊。

---

① 日本的一种特色点心,一般在端午节食用,以柏叶的叶子包裹红豆馅的米团而得名。

"我们事务所有这么可爱的东西吗……啊，说起来客厅里有只鹿吧，鹿也可以送来吗？"

"当然了，不管是鹿还是驯鹿都没问题。"

"这样啊，那下次我们带来吧，确实有点脏了。"

"别了别了，"我插话道，"不好意思，我们的鹿是剥制的。"

随后，我们留下张着大嘴说不出话的水木，离开了工作室。关门的声响被拖得老长。

"接下来去哪儿？"我一边下楼一边向倒理问道，"大井警察局？"

"没错。不看看那个手表的实物，是没法真正破案的。"

"不能给你们看。"

然而，虽然已经预想到了这样的结果，我们最后还是在前台吃了闭门羹。刑事课的课长双臂交叠，用看待嫌疑人一样的眼神打量着我们，一对浓眉怎么看都很顽固的样子。

"求求您了，我们只是想帮忙破案。"

"就稍微让我们看一眼证物吧，我们又不会偷走。"

"不行不行。快回去。"

"就麻烦您行个方便吧。拜托了兄弟。"

"谁是你兄弟啊。"

倒理的玩笑话，反而更加惹火了这位兄弟，不，是课长。旁边其他警员的视线，也像针一样扎了过来，现在实在难以说是形势一片大好。

我有些烦恼地离开了接待处，拨打了那个电话号码。

"有话三十秒以内说完。"

电话响了三声对方就接了起来，还是像往常一样的冰冷声音。

"啊穿地——我们在调查关于大井町女性被杀的事情，现在正在大井町警察局呢。但是他们不让我们看证物。"

"这样啊，"电话里传来沙沙的咀嚼声，"那你们就老实回去吧。"

"你又在吃甜甜棒？"

"是巧克力棒。"

"啊好，"这东西可没法推理，"能不能帮忙跟这边的负责人打个招呼啊。"

"我可没有义务这么做。"

"拜托了……今天，可是我的生日啊。"

对方丢了句不行之后，挂断了电话。通话时间是二十五秒。原本想要借助朋友的力量，结果还是不行啊。

看来实在不行只能改天再来了。我用胳膊肘捅了一下倒理，把他扯到大厅。课长气势汹汹地监视着我们离开。

这时，他身后的电话响了起来。一名警员接起了电话，恭敬地说了两三句话之后——

"课长，您的电话，"他一边说着，一边向我们这边看来，"是本部搜查一课的穿地警部补。"

五分钟后，课长一脸被蔬菜汁浇过似的难看表情，用钥匙打开了保管室。虽然穿地是个绝对零度的强硬派，不过至少比倒理强一点，送了我一份好一点的生日礼物。既然如此，中元节我就回送她一箱巧克力吧。

"是路边杀人魔干的，没什么内情。"

课长一边念叨着，一边将证物摆放在桌子上。有现场掉落的项链，奥森泪的手包，以及她的随身衣物和鞋子，还有那只手表。

"如果是变态杀人魔干的,"倒理戴着白手套拿起项链,"这个东西要怎么说明呢?"

"塚越大悟是清白的。他不是有不在场证明吗?而且周围的摄像头也拍下来了。从当晚七点到十一点,附近没有塚越这样的男人出没。"

"如果我是凶手,既然想要制造不在场证明,总归会有意避开摄像头的。现场和尸体的照片也让我看看。"

课长现在的脸,已经青得如同静脉被注射了蔬菜汁一般。倒理则继续拿起手表,我也凑过去看。

这是疋田制作所的"施特劳斯"手表。和神保当时拿来的报告文件上印的照片一样,是一只白色的漂亮手表。表盘上有斜形的划痕,时针停留在了七点四十分二十八秒处。倒理像是要把这块表吃进去一样死盯着,反复地观察手表,确认表带和表扣的状况。在荧光灯的浅光照射下,那细微的划痕反射出闪闪微光。

"华生,你怎么看?"

"品位比福尔摩斯给我的手表好多了。"

倒理放下手表,稍微考虑了一下,而后将手伸向了手包。他将手包打开,来回掏着里面的东西,不知为何,脸上的表情和看手表时一样认真。

这时课长走过来,将一堆文件放到了桌上。

因为倒理还在沉迷研究手包,所以文件由我来看了。案发现场大井第二公园,是住宅区中的一个小型公园。奥森泪的尸体似乎是被隐藏在了树木之中,脖子上有明显伤痕,因为死相过于悲惨,让我也有些于心不忍了。她的右手戴着那只白色表带的手表,表盘在手臂内侧,也就是冲着手掌的方向。也许是因为倒地时撞到了地上的石头而偶然摔坏了吧,也有可能是被害后被人为破坏的。仅凭这张照片暂时无法做出进一步判断。

"啊哈哈。"

与场合完全不搭调的冰冷声音,打破了现场的安静。出声的人是倒理,他正盯着手袋的内袋,露出了恶魔般的笑容。他从里面取出零钱和钥匙扣上挂着的钥匙,在荧光灯的照射下,嘴角越发上扬起来。

"走吧,冰雨。"

而后,他稍微扫了一下照片和其他证物,便结束了对于证物的查看。

"已经看完了吗?"课长用有些轻蔑的语气说道,"侦探还挺好当的啊。"

"如果能力够强,确实不用花太多时间。"

大概课长的脸色再一次变得铁青,不过因为门已经关上,所以我们也无缘得见。在走廊里快步走着的倒理似乎心情不错。他那摇摇晃晃的卷毛,看起来像是摇着的狗尾巴一样。

"你知道什么了?"

"我解开了手表之谜。"

咦,这就解开了?我刚要下意识地回话,差点就要把那句"那可真是太棒了"说了出来,还好刹车了。我又不是这家伙的助手。

"那,接下来呢?"

"对了,我们兵分两路。你去找奥森泪的熟人调查一下,尽可能多找一些受害者最近半年的照片让我看看。我去调查点别的事。然后我们晚上在店里汇合。"

"什么店?"

"都说了啊,"倒里拍了拍我的肩膀,"打赌我赢了啊。"

3

红色的梦在圆环般的满月周围四散开来。

盐烤厚切牛舌、拥有漂亮轮廓的里脊肉，以及稀有部分的肩颈肉，我们没有点排骨，而是主攻牛排系，又加了二百克腰肉。哪怕只看着这些摆盘，幸福指数就已经升到了极点。店内的环境也相当不错，既没有喝醉的家伙，也没有大吵大闹的学生。如果不是我掏钱，那就简直如同做梦了。算了，这也是没办法的事，关于钱的事之后再想吧。

我心急地夹起了一块肉。

"还早。"

结果上来就碰了一鼻子灰。

"火才刚点上啊，烤盘加热了之后才能烤，不然肉会粘在烤盘上，"倒理一边穿上纸围裙一边说道，"还有，你夹的是什么？"

"什么，是里脊肉啊。"

"你是笨蛋吗，要先烤牛舌。"

"你怎么这么讲究啊……"

明明平时是个极度大大咧咧的人，怎么这种时候又讲究起来，让我着实摸不着头脑。

"照片收集好了？"

"嗯。"

我把差不多二十张打印出来的照片递给他。全部都是奥森泪的照片，有的是从社交网络上下载的，有的是直接去找她的朋友要来的。我也给塚越发了邮件，请他给我发了打包照片。倒理一张一张地确认着照片，就像我玩大富翁一样，开始排列这些照片的顺序。我则趁这个工夫，将牛舌放到烤盘上。

"好，果然和我想的一样。"

倒理将菜单推到一边，将照片摆在桌子上的空处，按照日期排列，分别是游乐场、购物中心、餐馆还有演唱会现场的。有些是和塚越一起拍的，有些则是和朋友或者家人一起，不管在哪张照片里，她都用右手比着反 V 字手势。

"你仔细看，奥森泪的手表……等一下，等一下，你这是在做什么？"

正在说明照片的倒理突然抓住了我的手。

"翻面的话葱会掉下来啊，这都不懂吗？"

"但是不翻怎么烤另一面？"

"把它卷起来烤啊，这样中间的葱就会被蒸熟了，之前不是教过你吗？"

"我忘了，"说起来，上一次吃烤肉是什么时候我已经完全忘了，"那你来烤好了。"

倒理爽快地接过了我推过去的烤肉夹，熟练地烤了起来，我则喝了一口啤酒。

"回到刚才的话题可以吗？"

"你注意看手表，"倒理用烤肉夹指着照片，"她最开始戴的手表是丹尼尔惠灵顿的，直到今年二月，才换成了那款施特劳斯手表。三月也戴着它，但是到了四月份——"

"手表消失了……"

在看塚越平板电脑上的照片时，我已经感觉到了某种异样，但是这样把照片排列起来看，则更加一目了然。直到今年三月的照片，都能从袖口的位置看到她戴的手表，甚至可以清楚地看到表盘。但是从四月开始，奥森泪的右手就没有再戴手表了。

虽说现在的确是智能手机取代手表的时代，出门也不是必须戴——

"为什么突然就不戴了呢？"

"你觉得为什么？"

他把已经烤好的牛舌放进我的盘子里。

"在警察局看到那块手表的实物时，你不觉得奇怪吗？明明才买了不到三个月，手表上却有不少细小的划痕。别蘸调料。"

"啊？"

"盐烤牛舌不要蘸调料比较好，直接吃就行了。"

"好好好，"还是希望他让我想怎么吃就怎么吃，"划痕有什么问题啊，也可能是在现场摔倒的时候弄的……"

"如果是摔倒的时候弄的，会伤到手表的里侧吗？"

牛舌堵在了我的嗓子眼里。

对啊，在保管室里，我的确看到手表的背面有大量划痕。

"手表的背面是和手腕直接接触的部分，日常应该不会弄出划痕。所以我想，很有可能是奥森小姐会把表摘下来带在包里。嗯，这肉真不错，"倒理啧啧地说道，"我调查了她的包，发现了内侧口袋里的零钱和钥匙。而在钥匙扣上，也发现了和手表背面类似的细微划痕。是否因为奥森泪在四月以后，就把手表装进了那个包的内侧口袋里呢？如果是长时间和钥匙以及硬币放在一起，的确会产生这种划痕。"

我将第二块牛舌放到烤盘上。肉接触到烤盘上的油之后,马上发出了线香花火①的声音。

"我去了一趟大井町的手表店,还找到了证据。三月末的时候奥森泪曾经去过那里,并且问他们能不能修这块表。当时手表就已经完全坏掉,而且发票收据什么的也全扔了。手表店说修不了后,她露出了难过的神色,然后把手表放进包里走了。"

"你还真去调查了?"比起他拿到证据,我更吃惊的是这个,"我还以为你回事务所歇着了。"

"在我的专业领域方面,我可是很认真的。"

也不至于这么自满吧。不过总之,这个谜倒是破解了。

"也就是说,奥森泪的手表,已经停了一个多月。"

"而且一直指向七点四十分的状态。可能是因为手表本身就有毛病,也可能是那次被男朋友打的时候摔坏了。"

手表是在三月末坏掉的。的确,和他们在居酒屋发生争执的时间一致。

"因为拿到手表店发现没办法修好,所以就这样一直装在包里。这也是常有的事嘛。凶手正是利用了这一点来制造不在场证明。"

倒理将第二块牛舌夹到米饭上,一起塞到嘴里。看起来是吃上瘾了,他又开始烤起了里脊。香喷喷的烤肉味道马上散发出来。

然而我却不像刚才那样沉迷于品尝烤肉了。盐烤牛舌那柔软的口感,就像是什么东西粘在了牙上一样。

"如果手表早就坏掉了,那凶手是谁?"

---

① 一种缠绕、包绕在细竹棒上的小型烟花。

我向烤肉盘上冒出的烟气对面的倒理问道。

"是那个玩乐队的男朋友啊。"

"塚越，在杀害她之后，从包里翻出了她的手表，并且戴到了被害者的手腕上吗？"

"没错。"

"但是现场那么暗，恐怕找不到吧。"

"用手机上的照明不就行了？"

"如果现场有照明，他会注意不到落在现场的项链吗？"

原本正倾斜着的酒杯停止了动作。

倒理甚至忘记了给里脊翻面，他一言不发地陷入了思考。我吃了一口韩式拌菜之后，也喝起了啤酒。喉咙中的冰冷触感，让我集中意识，开始陷入思考。

发生在公园中的事件，手表的不在场证明，奥森泪，塚越大悟，项链，照片，反V字手势——

咦？

我突然感觉脑中有什么东西一闪而过。从那之中生出了疑问，从而进入了下一阶段的推理。当我放下酒杯时，眼前的道路已经变得更加宽广了。

"倒理，什么时候吃柏饼？"

"你喝醉了吧？"我的搭档皱起了眉，"菜单上没有柏饼啊。如果你想吃饼，就点个糯米团点心吧……"

"我不是说这个。我的意思是，柏饼一般是什么时候吃的？不是点心店里卖的那种，而是超市里卖的，放在塑料盒里的那种。"

"……四月底，五月初吧，其他时间并不会卖。"

这个答案让我确定了自己的推理。我拿起烤肉夹，给烤得过头的里脊翻了个面。

"这顿饭啊,要不然还是 AA 吧。"

"咦,为什么?"

"因为,我已经解决了事件。"

虽然倒理说这起事件是他的专业领域,但其实呢,没准应该算是我的专业领域。

因为擅长破解不可解案件的人,是我。

4

第二天午后下起了雨。阴沉沉的云层遮蔽了天空，大街就像是被加了滤镜，变为一片蓝色的浑浊。

今天的大井第二公园里，并没有孩子们玩闹的身影，不过这应该不是因为天气不佳，公园的一角仍然拉着警戒线，应该没有人想在杀人现场玩耍吧。

如果有，那就是——

"来了。"

出现在我们视线中的人，正穿着丧服，打着一把雨伞。因为奥森泪的告别式就在附近举行，所以我们预想到，某人会顺道来这里转转。

"犯罪者总会再次回到现场吗？"倒理沉吟道。

我因为回忆起了什么而理解了他的意思。那是在我们学生时代教授讲过的内容。那时我们在六号楼的研讨组教室中，四个人坐在一起，听着教授淡淡地说。

当时"犯罪者会再次回到现场"的理论经常被提起。经典理论之所以能够成为经典，毕竟是有一定道理的。犯罪者们往往会回到犯罪现场，有的是为了看热闹的愉快犯，但大多数人并非如此。就像是你们出门旅行时，总会担心家里的门有没有锁好，这种心态也是同理。他们会担忧作案时是否留下了把柄，或者是有没有忘记消除的证据。为了确认这些所以才必须要——

"虽然有几个多余的人,不过算了,走吧。"

"要不要等警察过来比较好?"

"我们两个人足够对付他了。"他乐观地说道。

和警察不同,我们既没有手枪,也没有手铐,并没有能够收押凶暴犯人的能力。一般的老手侦探,总会带着具有一定打斗能力的助手,以便应对这种情况。不过可惜的是,我们并不是这种老手侦探,而是长期处于委托人不足状态的,只能接零活儿的侦探。而且也根本没有助手。

说起来,两个人曲着身子坐在狭窄的隧道玩具里,已经算是我们的体能极限了——还要从玩具的两侧四脚着地地爬进去。

"哟。"

听到倒理的喊声,几个穿着丧服的男人一起回过了头。

"啊,是侦探……"

"你为什么会在这里?"

和我们说话的,是贝斯手钏路和鼓手摸木。他们打着领带,看起来像是普通的上班族。

"我找这家伙有点事。"

"我们是为了让某人自首才来的。"我们面朝着凶手说道。

塚越退后了一步。

"自首……你们是说我是杀人犯吗?别开玩笑了,不是我干的。"

"不是你干的,我们知道。"

"本来还想把鹿头拿到你那边清洗,真是可惜啊。"

塚越终于意识到,我们并不是在对他说话,于是慢慢往旁边让了一步。

在他的身后，是玩具修理工作室"AQUAWOOD"的社长，他的脸色十分僵硬。

"我吗……为什么？"

水木里资问道，声音几乎要被雨水冲掉。

"是手表。在这起事件中，你围绕着手表撒了几个谎。"

"首先是关于凶手的撒谎。"

倒理向前一步，再次开始了昨天在烤肉店里的推理。关于手表背面的细小划痕，关于包包里的硬币和钥匙，关于照片和手表店的证词。他说完这些后，以一句"总而言之"进行总结。

"手表在一个多月以前就已经停了。也就是说，哪怕是在七点四十分有不在场证明的人，也是有行凶可能的。不管是变态杀人魔，还是在开演唱会的乐手，又或者是和业务员开会的社长。"

听到这番挑衅的话语，"九十九大无限"的三个人困惑地互相看着。而水木则一脸警惕地沉默着。

接下来该轮到我出场了。

"那么接下来，"我站在倒理旁边，推了下眼镜，"如果手表是在四月前坏掉的，就会产生一个奇妙之处。那就是工作室墙上挂着的软木板，上面贴着奥森吃柏饼的照片。因为柏饼是一种季节性的食品，所以拍这张照片的时间应该是在四月之后。但是那时，她的右手上，仍然戴着这只白色手表。"

她的手表，在四月时肯定已经坏掉了。奥森泪在其他朋友面前，会把手表摘下来，这一点毫无疑问。那么为什么她会在上班的工作室里一直戴着这个手表呢？

为什么，要做出这种让人无法理解的举动呢？

我将手指伸入袖口，确认着那粗糙的触感。秒针的转动，如同我的心跳一般传来。

"奥森小姐会采取这种奇怪行为的理由，大概是这样的。大家可能都有过类似的经验，从其他人那里收到了像是衣服或者饰品一类的礼物。虽然本人可能并不太喜欢这件礼物，但是考虑送礼人的心情，会尽量在这个人面前假装高兴地穿戴着这件礼物——"

我感到了一旁倒理的视线。

"恐怕这块手表，正是水木先生送给她的礼物吧。奥森小姐不想让水木先生知道她把手表弄坏的事实。所以在四月之后，她在工作室里时，都会假装手表还能用的样子。她将停了的手表戴在手上，装作无事发生。她在向水木先生撒谎。"

"这，这样啊，"水木疑惑地说道，"的确，手表是我送的。奥森一直在工作室里戴着手表也是事实。所以，我完全没有注意到手表坏了啊……"

可是，他这么说的时候却在看着我。

"所以为什么说我是凶手呢？这和你们现在说的有关系吗？"

"不，如果刚才说的都是事实，那么凶手除了你以外，不做他想。"

"为什么这么肯定？你有证据吗……"

"就是手表。"

雨滴的声音变得更大了，打在安静的公园里。

"首先，我不认为奥森是被陌生人杀害的。凶手在作案后，将手表从死者的包中取出，并戴在了她的右手上。一般来说，普通人会把手表戴在左手上。如果不知道她是左撇子的人，是不会想到要把手表戴在她的右手上的。"

"但，但也不是只有我知道她是左撇子啊。有很多人都知道的吧。比如在这里的塚越，还有其他熟人……"

"可是如果是塚越或者其他熟人，应该不会像那样为她戴上手表。"

"……"

"华生，给他们看看照片。"

"我可不记得什么时候变成了你的华生。"

倒理一边反驳着，一边取出照片，展成一个扇形。

"这些是奥森从二月到三月的照片。在这些照片里，手表是冲向手臂外侧的。每一张照片都是如此。但是在工作室里的照片，表盘则冲向手臂内侧。"

在她拿着柏饼比出反V字手势时，她的右手上的确看不见表盘。照片上只能看到白色的表带。

"这也是她设计的小小谎言。因为她不想让人知道这块手表已经坏掉了。所以在四月之后，她戴表的方式就变了。从表盘向手臂外侧，改向了朝手臂内侧。如果将表盘朝内，别人就不会注意到上面的划痕了。"

我看着公园里的警戒线。犯罪者总会再次回到现场，就如同担心自家大门是否锁好一般——

的确，他正是忘了锁门。

"因为是在玩具工作室的房间里工作，没有直接见面接待其他客人的机会。所以她只会在你面前将手表朝内侧戴着。而尸体手上的手表，正是朝向内侧的。"

"知道奥森泪是左撇子，同时会将她的手表朝向手臂内侧的人，在这个世界上，只有一个。"

倒理使出了撒手锏，水木将雨伞收了起来。雨滴甚至都还没有打到他的脸上，他的额头上就已经沾满了水珠。

"因为那款施特劳斯手表，是预约生产的最新款，所以并不是简简单单就能买到的。你会送她这个，说明你对她有好感吧。"我继续着推理，"你不是在我们面前说了不少塚越的坏话？这样一来，动机也很清楚了。那一天，你注意到奥森的手表停了。你问她原因，得知是她和塚越吵架时弄坏的。所以，你就逼迫奥森和塚越分手。然而她却听不进去。心生嫉妒的你，下班后去她家，然而在途中碰到了她本人。"

水木问她准备去哪儿。得知奥森发现了男友的项链，正准备送去。弄坏了自己送的礼物，却小心翼翼地保护着男友的项链。为什么会这样呢？为什么就是无法理解我的心情——因此而形成导火线，不知道原本是不是想要杀她，总之在那个夜晚，那个地方，发生了那样的事件。

远方传来警车的鸣笛声。我们进一步靠近凶手。

"看来'AQUAWOODS'要关门了。"

"警察马上就到了。你最好老实一点……啊！"

就在我们发出忠告时，水木突然向马路上跑去。这完全出乎了我的意料，而正在夸夸其谈的倒理也没有反应过来。真是的，都说了等警察来了再说比较好。我赶紧丢下雨伞，去追赶那个穿着丧服的背影。

然而水木的逃亡，只持续了不到十米。

很快就行动起来的塚越和"九十九大无限"的成员，把凶手撞倒了。

"药子准备了蛋糕哦。"倒理读着邮件说道，"要是昨天烤肉也带上她就好了。"

"你想让我破产？"

"什么啊，最后不是 AA 的嘛。"

就算是 AA 也贵得吓人。下次还是中了彩票再去那家店吧。

我们一边逛着东中街的商店询价不买，一边加快了回家的步伐。就在我们把凶手交给警察时，雨已经停了，此时的天空呈现出黄昏之色。他们应该会表彰那几个乐队成员吧。我们大概只会收到谢礼，不过已经不错了。

"结果，最后还是因为那个乐手啊。"

倒理恶狠狠地总结道。这么说的确也不为过。事件是由那个坏掉的手表而引发的，也因为那个坏掉的手表而得到解决。弄坏手表的是塚越大悟。他既不是被害者，也不是凶手，却与事件有着极深的关联。

在天国的奥森泪会恨他吗？这我可不知道。不过至少，我想她在死前，并不讨厌这位恋人吧。那条项链就是最好的证明。

"说起那个手表，"倒理像是想起了什么一般说道，"你要是不喜欢就别戴了。"

"倒也说不上不喜欢啦。"

"不不，你这样戴着我也觉得怪怪的。要不摘了吧。"

被他这么一说，我也觉得怪怪的。没办法，我把袖子卷起来，将手搭在表扣上。当我看到表盘上的骷髅头时，突然发现，那没心没肺的邪恶笑容，好像和谁的笑有些相似。

我稍微想了一下，把袖子卷了回去。

"我还是，继续戴着吧。"

倒理无趣地挠了挠头，没再说什么。

穿地警部补,有案子——

1

转转果冻是种具有悠久传统的零食。

根据生产地的不同,也有不同的叫法,有的就叫转转棒,有的叫转转果冻,不过基本差不多。将红、蓝、黄色等色彩鲜丽的果冻,装进螺旋纹的棒状容器。吃的时候,把最边上突起的部分剪掉直接吸食。吃到后半段时,吸出果冻会变得困难,因此需要用手指从后边挤出果冻,还多少需要一些技巧。虽然化学添加剂的味道浓重,不过我还挺喜欢吃的。这种一直使用香料和人工糖精的老零食的优点就是,不管在哪里吃,味道都不会变。不管是孩童时期在商店前,还是在脑浆迸裂的尸体前。

这个男人躺在某家公寓住宅区的停车场内,虚无的眼睛朝向夜空。虽然他称得上是体格健壮,但也无法与柏油路和重力加速度相抗衡。他穿着白色衬衫和西装裤子。右脚穿着一只拖鞋,左脚的拖鞋掉在了稍远的地方。

"死者名叫武藤势一。今年五十二岁,单身。以前是新闻记者。现在则是新闻网站'海滨新闻'的负责人。住所就是这间公寓的七〇五号室。"糠田抬头看着这所九层的公寓。"从七层跳下来的,所以直接就死了。"

"有遗书吗?"

"没有吧。"

我从口中取出转转果冻，走进公寓，在电梯里按下了七层。糠田也跟着走了进来。

"可是，现在叫我们来是不是也太早了啊。辖区的警察还没有开始搜查吧。"

"这名男性死者，是押昧警备局长大学时代的朋友。作为记者，如果死状可疑，会引起媒体的骚动。因为不想让局长的朋友成为社会的八卦谈资，所以砂贝参事官对这件事格外关注。"

"想要按非事件性处理吗？"

我无言地看着电梯楼层数的变化。这个比我年长不少的中年部下，意味深长地摸了摸胡子。

"优等生也挺不容易啊。"

七〇五号室，位于走廊的一端，警戒线前站满了一晚上没睡的人。有位长发女性向我搭话。

"请问，发生了什么事？"

"要调查之后才知道。"

我穿过黄色警戒线。

我套上鞋套，戴上手套，走进房间。在进门处，只有一双朝外摆放的皮鞋。还有一把长伞和鞋拔子。鞋柜上放着鞋刷和鞋油。玄关既没有放鞋垫，也没有摆放拖鞋，取而代之的是前方短短的走廊下方，那一尘不染的地面。看来是个相当爱干净的男人。

穿过走廊，打开门，已经先到达现场的深川署的刑警们一齐看向了我。

——这女人是谁啊。

——是本部的警部补。就是那个参事官的侄女啦。

——啊，原来是砂贝派系的……

一时间传来了一片小声嘀咕的声音，不过马上便安静了下来。

年轻，女性，而且还是在警界有极深根蒂的砂贝家族的亲属。他们对于这种闯入者的态度，基本上就是无视。不过还好我也有应对之法。既然他们什么都不说，那我就按照自己的想法去做好了。

我吸了一口转转果冻，一边咀嚼，一边打量着这个房间。门的旁边就是厨房，吧台旁是餐桌。再里面则是电视和沙发，以及可能是案发地点的阳台，卧室应该在旁边吧。这个房间收拾得干干净净，简直像是样板间一样，不过也有几处例外。

首先，是餐桌下到门前，散落着一些玻璃碎片。看起来像是玻璃杯落下摔碎的样子。而且，餐桌下还躺着一个开着口的公文包。包中拴着钥匙的钥匙扣掉落在地上。沙发背上胡乱地搭着外套和领带。

我注意着避免踩到玻璃往房间里走。阳台上站着我认识的部下。那家伙注意到了我们，像是孩子一样冲我们招了招手。

"穿地！糠田！各位辛苦了！"虽然是深夜，小坪却仿佛完全不知疲惫一般，"这房间真不错啊。我也想住在这种地方。"

"这可是死了人的房间。"

"咦，穿地也相信凶宅幽灵之类的说法吗？"

"我倒是希望有，那样搜查就方便多了。"

我走到阳台上，夜风抚过我的皮肤。左侧是与邻居隔断的隔板，不过因为是最边上的房间，所以右侧并没有隔板。在阳台右侧的最边上，有一张小小的花园桌，与扶手处连接着。桌子下有个常春藤盆栽。差不多就是这些东西了。和室内不同的是，阳台的地板上积满了灰。

"确定是从这里掉下去的吗？"

"应该是。而且这里还有吸过烟的痕迹。"

小坪指着桌子说道。我靠近一看,桌角的确有两盒香烟,以及一个烟灰缸。两盒香烟的包装并不相同。一盒是绿色的金蝙蝠,一盒是蓝色的喜力。

"还挺讲究啊,"糠田说道,"这两种烟都带点朗姆酒香,口味相似。我比较喜欢金蝙蝠。"

"我记得有个超级英雄也叫什么蝙蝠?"

"这个是黄金蝙蝠啦。要按年代算的话,这个香烟的蝙蝠更早一些。不过应该马上就要改版了。新版的要加上塑封和滤嘴。不过我觉得现在这种复古包装也挺好的。"

听着这个烟鬼的念叨,我吸了一口果冻。我拿起这个复古装的金蝙蝠香烟盒,发现里面是空的。而喜力那盒里还有十八根香烟。烟灰缸里有四根吸过的烟蒂。根据糠田的分析,应该是两种牌子的香烟各两根。

我搭着阳台的扶手探出头去,正好对上了下面尸体的眼睛。

"武藤势一是在晚上八点左右,从'海滨新闻'下班的。之后去了他之前常去的一家酒吧。"

小坪翻动着笔记本说道。虽然这家伙平时不拘小节,不过在搜查方面还是相当细致的。

"他回家时是晚上十点半,当时公寓大厅的摄像头拍到了这一幕。然后在晚上凌晨一点过半,有人发现武藤倒在停车场里,就报了警。当时他的房间开着灯,阳台的窗子也开着,但是房间的门是锁着的。"

"这个公寓门用的是自动锁吗?"

"不,是普通的门。钥匙和他的钱包,还有笔记本,一起掉在了餐桌下面。"

"有遗书吗？"

"房间里没找到。"小坪像是陷入了沉思般嘟起嘴，"从现场的状况来看，有点像是喝醉了酒回到家，去阳台上抽烟然后失足掉下去……"

"嗯，有可能。如果是喝醉了，把包丢下时打碎玻璃杯也是理所当然，"糠田顺势说道，"那这么看来，就是意外事故了。也不用尸检了。那我们就撤吧。"

我没有回答，而是继续盯着阳台的地板。我还有无论如何也想要弄清楚的问题。

我弯下腰，用小型手电照着桌子下面。什么都没有。我拿起那只常春藤盆栽，下面垫着一张香烟盒的塑料包装纸。然而，我却没有发现想要找的东西。

"怎么了，穿地？就这样……"

"不能撤。还有疑点。"

我直起腰，再次将视线拉回房间内。

"首先，是进门处的鞋子，整齐地向外摆放着。如果是醉到能从阳台上摔落的人，还会在回家时这样认真地摆放鞋子吗？"

"这……因人而异吧。"

"还有打火机。这里有香烟和烟灰缸，阳台上却找不到打火机。"

小坪啊地叫了一声，而糠田则耸了耸肩。

"可能和尸体一起掉下去了吧。也许装在口袋里，掉在停车场了。"

"有必要去找一下。如果找不到，就是被什么人拿走了。这样的话，就不太可能是自杀或者事故了。"

虽然不知道是怎么回事，不过上面好像并不想把这件事闹大。如果搜查有所进展，恐怕会惹上面不高兴。也许会被找麻烦吧。不过现在暂时没事。我可是一课的优等生，还是砂贝家族的亲属，而且，我有自己的方法。

在有人提出异议之前，我会按照自己的喜好做事。

"我去调查打火机！"小坪说着跑了起来。

"哎呀真是的。"糠田挠了挠头。然而与他的抱怨相反，他脸上的表情可以说是颇为喜悦。所以这家伙才升不了职。

我背靠窗子，从七楼眺望着外面的景色。从这里可以看到丰洲的大楼，以及晴海码头的黎明。

作为最后映入死者眼帘的景色，可以说算是很不错了。

搜查像往常一样进展着。

所谓像往常一样，是指既没有遇到瓶颈，也并不顺利。

首先，武藤的死因确认是摔落致死。通过尸检，尸体上没有与他从七层坠落相矛盾的伤痕。死者体内检测出了少量酒精，可以证明，死者死前并非喝得烂醉的状态。

在公寓的走访调查中，有好几个住户证言称"晚上十一点半时，听到咚的一声"。应该说不愧是在东京吗？虽然没有人探出头往外看，不过住户们提供的线索时间，与死亡推定时间一致。武藤在晚上十点半回家，从十点半到十一点半这一个小时的时间里，应该发生了什么事。

公寓附近的便利店留下了武藤当晚光临的监控录像。因为他当时常抽的金蝙蝠烟卖完了，所以他一边发着牢骚说"只剩两根了"，一边买了喜力。烟灰缸里的四只香烟，也都检测出了武藤的唾液。关于打火机，武藤的打火机似乎是刻了自己姓名首字母的ZIPPO，不管是在停车场还是在遗体身上都没有发现。所以谋杀的可能性更大一些。

最开始警方希望借助大厅中的监控录像来寻找凶手，然而如果从垃圾专用通道进出的话，摄像头便无法拍到，最终这一调查也落了空。从七〇五号室中，检测出了数个武藤以外的人的指纹，然而因为武藤的记者身份，所以接待的来客相当多，难以从这条线索进行突破。

而真正的线索出现，是在事件发生的三天后。

"到了。"驾驶席的小坪说道。我看着手机下了车。

"走路的时候看手机很危险啊。你在看什么？"

"我在看'海滨新闻'里武藤写的报道。《要休产假就辞职吧——广告业界充斥着的职权骚扰现状》。"

"咦，听起来还挺社会派的。"

"我看只是为了赚流量吧。"

武藤势一的履历相当丰富。在担任报纸记者时期，每当警察引发不祥事端，他总会体贴地为老同学撰写拥护警方的报道。到了网络时代，他也维持着这种依附于权势之姿，直到两年前，他因为一篇报道郊区线电车痴汉问题的新闻报道火了，并从此开始改变写作路线。现在他的注意力集中于性别歧视与性骚扰方面的报道。如果警察因为强制猥亵罪而被捕的话，不知道他会怎么写呢？不过永远没有机会知道这一点了，有点遗憾。

走到建筑物附近，我关上手机。玄关处写着"深川和睦里"的字样。

"像是旅馆一样啊。要是我去住酒店的话也想住这种地方。"

"你就净想着这些。那个老人，证明能力还可以吗？"

"头脑看起来挺清醒的。"

电梯厅里进了不少刚刚出门散步回来的人。于是我们从楼梯步行上了四楼。

"说起来，这次，那两个人没出现啊。"

"哪两个人？"

"那两个侦探啊。片无先生和御殿场先生。"

"他们不出现比较好。"

"不过他们都是很优秀的人啊。穿地姐，你不会是讨厌他们吧？"

"至少我现在可说不上喜欢他们。以后大概也不会。好了，哪个房间？"

我们的目的地是四一三号室。房间内是没有门槛台阶的无障碍设计，方便使用轮椅的老人居住。他认真地低下剃得光秃秃的头，说："我是荻洼。"

"我是搜查一课的穿地。六月二日晚上，您目击到了什么吧？"

"是的，发生事件的，是二丁目的那间公寓吧？茶色墙壁的那个？"荻洼往外看了一眼。

"我喜欢看星星，所以经常去阳台。那天晚上我也去了阳台，结果看到对面阳台上有个人影。他好像正从扶手那里探出身子。我想着这样好危险，所以就记住了。那天的天气多云，看不了星星，所以我马上就回了房间。那之后就没看到什么了。"

我走到阳台上。越过对面的楼，的确能够看到案发现场的公寓上层。而且正好能看到七层。

"你知道是哪个房间吗？"

"从这里看的应该是最下面左边的那个房间。是七〇五吧。是有人从那个房间掉下去了吗？我都听村本先生说啦。村本先生是这里的职员……"

"您还记得时间吗？"我又一次问道，"您是几点去看星星的？"

"十一点四十分，"荻洼毫不犹豫地说，"因为每周我都是在周四晚上的电视剧播完之后出去看星星的。"

原来如此，确实是可信性相当高的证言。但四十分有点奇怪。因为武藤应该是在十一点半坠楼的，这里产生了微妙的时间差。

"这个时间没问题吧？"

"肯定不会错的。就像这样，探出身子，那个长头发的女人啊……"

"女人？"

"是啊，是女人啊。我看到的是个女人。"

我和小坪对视了一眼。

会是看错了吗？不，武藤的体格，怎么样都不该会被错认为女人。

那就是说，在死者坠落十分钟之后，在七〇五号室的阳台上，有一个女人探出了身体。然而当警察到达现场时，房间的门却是上锁的……

这可是我们不擅长破解的谜题。看来这起事件应该找他们商量一下。

我们向老人道了谢。他低下头还礼，然后突然追问道：

"穿地女士，你是刑警吗？"

"嗯，是的。"

"好厉害啊。要加油啊，如果女性能够活跃起来，这个社会肯定会变得更好。"

荻洼干笑了起来。我说了声"谢谢"作为回答。我从进房间时就察觉到了，他的视线一直在我西装裤腰部附近打转。

2

我搭乘中央线在东中野下车,从人比较少的东口出站。而后顺着青梅街道南下,走进通往神田川的狭窄小路。住宅区中一处老旧的独栋住宅出现在我的面前。门口还是像之前一样,贴着"敲响密室之门"这傻乎乎的门牌。看来还没有关门大吉。

这里的玄关没有安装对讲机,也没有门铃或者门环一类的东西,来访者必须直接用手敲门才行,也许给邻居添了不少麻烦吧。我正准备用一直以来那种把门敲坏的气势直接敲门,却在中途停下了。

我听到房间里传来了两个人男人粗重的喘息声。

……好像来的时候不太凑巧。我走到院子里往屋里眺望。

"去吧!怎么样!"

"我已经猜到你会这么打了……啊!"

"好!赢了!第十三胜!"

"等等,刚才那把很奇怪。我明明挥出拍了。"

"输就输了,别这么磨叽啊眼镜君。"

"是这个设备的灵敏度有问题。我要换个拍子!"

房间内,一个穿着高领衫的卷毛,与另一个穿着白衬衣的眼镜男,正在对打乒乓球。当然并不是真的打球。而是在电视机上接了一个绿色的游戏机,通过电视上一分为二的画面在对战,画面上有一只乒乓球桌。满头大汗的两个人发现了我,打了个招呼招了招手。

"哟,穿地。"

"有什么事?"

我进门前产生了一种想要回家的心情。

看来他们对我带来的礼物转转果冻并不怎么感兴趣,我便自己取了一根。在三个颜色当中,我选了一根蓝色的,随后在沙发上坐下。

"刺激乒乓,这游戏是二十年前的了吧。"

"是二〇〇一年发售的。"片无说道,"不过真玩起来居然还挺有意思啊。"

"虽然还是我赢了。"御殿场说。

"穿地姐快来说两句吧,"在这里打工的药子一脸无奈地端了麦茶过来,"这两个人从早上开始就跟傻子一样在玩这个。"

"这游戏还不是药子从二手游戏店买来的!"

"等会休息时再打一把。我感觉下一把绝对能赢。"

两个人说着把麦茶一饮而尽。我感觉自己仿佛在看着两个放暑假的小学生。

"真羡慕你们俩啊。永远都是这么童心未泯。"

"零食爱好者可别这么说我们。"

"我们可是一直在忙工作的。今天难得休息嘛。"

"明明这一周都没有委托。"

药子一出口,直接拆了两位老板的台。这时我突然发现,卷着袖子的片无,左手上戴着一个亮粉色的奇怪东西。

"片无……这个手表是什么惩罚游戏吗?"

"这个?啊,这个啊,算是个纪念品吧。"

"什么纪念？一周没有工作委托的纪念？"

"我是觉得冰雨太土了，所以这个手表刚刚好搭他。我想让搭档帅气一点嘛。"

"谢谢。因为实在太有个性了，每天别人都要看我好几次。"

我的头疼起来。这种人当上侦探也是要世界末日了吧。可是，在一些奇怪的案子里，他俩却时常能派上用场。虽然不愿意承认，但这确实是事实。

我从包里取出文件资料，摊在桌子上。

"二十一米高的密室。"

擅长不可能犯罪的御殿场发出了"哦？"的声音，而擅长不可解之谜的片无则"哼"了一声。

我一边吸着汽水味的果冻，一边讲述了案件的大概。包括基本排除事故死亡的可能性，被目击到的神秘女人，房间从内侧上锁的情况。当我终于讲完之后，两个人不假思索地说道："八〇五号室的人就是凶手。"

两人同时说道。就连他们本人也颇为惊讶，两人对视起来。

"难得你们意见如此统一。你们知道凶手使用了什么诡计吗？"

"虽然不知道凶手使用的诡计，不过那个大叔的证言里，有不对劲的地方。"

"不对劲？"

他的证言中有什么问题呢？

"怎么回事？"我向片无问道。

"不管是那个大叔，还是穿地，都搞错了一件事。你在养老院的阳台探出去，认为自己看到的是七〇五号室吧？"

"是啊，正好能穿过一座楼勉强看到。"

"可是荻洼先生是坐轮椅的，他的视线高度和我们的并不一致。"

我不禁捏了一把手里的转转果冻。

是我大意了。我应该坐下来确认一下的。的确，坐着轮椅视线会变得更低，这样一来，七层就会被前面那座楼挡住了。坐在轮椅的状况下，是看不到七楼的。也就是说，那位老人所看到的，并不是七楼。那探出身子的女人则是——

"八楼的吗？"我沉吟道，"就在现场的楼上，八〇五号室。"

"在晚上十一点四十分探出身子往外看的话，应该会注意到停车场的尸体。然而，那时却没有人报警。这不是很奇怪吗？所以那个人就是凶手吧。"

"原来如此，是没有注意到视线的高低差啊。"

御殿场事不关己般地评论道。随后说了句，"说起来凶手使用的是什么诡计呢？"

"你为什么会觉得八〇五可疑呢？"

"因为只有住在上面房间的人，能够制造出密室。虽然这个手法相当古典。"

御殿场将手伸向堆满杂物的地上，拿起了一根马克笔。

"关键就是房间的窗户开着这一点。首先，凶手先从七〇五将死者推下。然后回到自己的房间，从八〇五号的阳台上垂下两根线，再来到下面的房间，将楼上垂下的线，在桌脚处打结系好。而后再一次回到八〇五号室，将七〇五的房门钥匙，穿到线上，通过打开的窗子滑入七〇五号室中。最后从上面把线回收即可。"

他在桌子上画图示意。"药子，拿块抹布来。"片无用他一直以来的语气说道。

"那个从八〇五探出身子的女人，应该就是正在实施这个

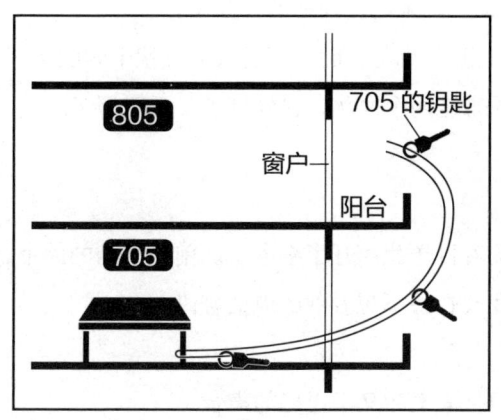

诡计。凶手故意把死者的公文包弄乱,也是为了掩饰掉在地上的钥匙。严格来说,从九楼或者房顶上倒是也可以完成这个诡计……"

"九〇五房间是空的,"我翻阅着公寓的资料说道,"房顶上了锁。"

"那果然,八〇五房间的住户就是凶手。好了,速度解决。这是个非常简单的事件。"

"作为刺激乒乓的中场休息还不错吧。"

两个侦探高声笑了起来。我不知道是不是应该表扬一下他们,算了。这些家伙可是禁不住表扬。作为替代,我打了个招呼,站起身来。

"我现在去调查八〇五的住户。"

"真不给面子啊。不一起打会儿乒乓球吗?"

"不好意思,我的工作密度和你们这种八百年都没有委托人的侦探不同。"

"那你人气还真高啊。祝你走运。"片无开始喝起了第二杯麦茶,"好了倒理,来吧。现在的比分是?"

"我十三胜,你十一胜。不过马上我就十四胜了。"

……原来这两个家伙,已经打了二十四场了。

药子笑着目送我离开了事务所。前往车站的路上,我的手机响了,是我现在最不想看到的电话号码。

"阿决。"

电话里传来柔和又干巴巴的声音。

是警视厅的刑事部参事官,砂贝真事警视正。

"我听到报告了。武藤势一的案子,现在的调查方向是谋杀?"

"已经锁定了嫌疑人。"

"很好。侄女的活跃像是我自己的功绩一样让我高兴,"电话里传来翻动文件的声音,"这工作还开心吗?"

"这可不是份开心的工作。"

"那可真遗憾。也许你其实并不适合这份工作吧。不过小决这么优秀,所以叔叔还不想放你走啊。"

"我还在外面,不好意思先挂了。"

没等对方回话我便挂了电话。我吃着的果冻棒变热了。

刚刚那是在威胁我吗?不,这只是一段叔叔和侄女间的普通对话。至少我想这样认为。还有点自由发挥的时间,只要在那之前破案就是我赢了吧。

我一边走着,一边翻阅着文件。我想要确认八〇五号的住户。

湖山小百合。三十二岁,在美容品制造公司工作。半年前入住。

她和武藤一样,独居状态,并且在案发当晚没有不在场证明。

3

"方便的话,您就收下这个吧,是试用品小样。"

对方将一个小瓶和咖啡一起递到我的面前。那里面装着的,是像琥珀色糖浆一样的东西。

"这是脱毛蜡吗?"糠田问道,"你们公司的产品?"

"是的,这个脱毛效果相当好。虽然剥下来的时候有点疼。"

"这我们就不用了。现在已经不是会在乎毛发的年纪了。"

"别这么说,您可以给家里人用的。"

湖山小百合爽快地笑了起来。八〇五号房间是亚洲风格的装修设计,和她本人给人的感觉相当搭调。我对她那中分的长发有印象,是在我第一次到达现场时,问我"发生了什么"的女性。

和糠田说话期间,她却一直盯着我。那是一种如同强烈的同类意识般的眼神,由她单方面地传递过来,这种感觉让我有些不舒服。

"穿地小姐真是优秀啊,这么年轻就当上了警部。"

"还是警部补呢,"我喝了一口咖啡,这对我来说太苦了,"湖山小姐才是,年纪轻轻就当上了营业部长。我这才不算什么呢。"

"因为我们只是家小公司啦。"

"您是从什么时候开始在这家公司就职的?"

"差不多五年前吧。我从之前工作的事务所辞职……"

"您之前就职于'海滨新闻'吧。是武藤势一负责的那家媒体。"

她脸上的笑容消失了。

"不好意思,我们已经调查了您的过往经历。您也知道,武藤就住在您楼下的房间吧。"

"我是看到事故的新闻报道,才刚刚知道的。因为我平时几乎不怎么和邻居打照面——"

"在七〇五号室发现了您的指纹,"糠田打断她的话,"是在餐桌附近发现的。最近,您去过他家里吧。"

"……对不起,之前我没提这件事。大概是在案件发生前一周,我在电梯里碰到了武藤。因为是旧相识,所以去他家坐了坐。本来我应该把这事说出来的,可是因为害怕被怀疑所以就没说。"

"不,"这次打断她的人是我,"你去七〇五号室是在案发当天。是你把他推下去的。"

我将目击证言和她所使用的诡计说了出来。当晚从阳台探出身子的她,不可能没有注意到尸体,更不可能一脸不知情地去问我"请问发生了什么"。

就在我们说话期间,湖山将视线从我这边移开,望向了窗户的方向。那里有一根铝制的晾衣杆,无趣地立在阳台上。外面则是六月的灰色云层。

"因为,"随后她开口说道,"因为,那家伙本就该杀。"

我向糠田点了点头。部下走出房间,她却似乎并没有注意到。

"穿地小姐。警察行业也是个男权社会吧。一定也发生过,让您不舒服的事吧。"

"怎么说呢，我性格比较大条，所以感受得不太深刻吧。"

"您没有想要杀死的男性吗？"

"……………"

"我在武藤的事务所工作期间，一直受到他的性骚扰，"她小声说道，"像是动手动脚，胁迫我和他发生关系。那天灌我酒，强行拉我到酒店……第二天虽然来了警察，却马上就停止了搜查。而且还很过分地说，是我勾引他的……不管是谁，都只会相信对自己最有利的故事。"

我闭上了眼睛。在旋涡般愤怒的角落，我能够充分理解这一切。

局长的同学。

想要按非事件性质处理，不要引起媒体的骚动。

因为——这是一起不能深究的案子。

"因为每天都哭着入眠，我只能辞去这份工作。我原以为自己已经忘记了这件事，但那天我碰到了他。于是我去了他的房间。"

"你不害怕吗？"

"我当然提高了警惕。可是怒火战胜了一切，好不容易有了亲手追究的机会，我可不想让这机会溜走。所以我用强烈的语气责备了他。我把他的包摔出去，并且打碎了玻璃杯。然而那家伙却完全不记得对我做了什么事。还说'我做过那种事吗？'，他说要稍微冷静一下，于是我们便去了阳台，他抽起了烟。看着他那一脸无事地抽着烟的样子，我感觉自己的大脑一片空白。"

她摇了摇头。

"我当时没有真的想杀了他。毕竟他的体重在那儿摆着……结果他真的掉了下去。那之后，就像你们所说的那样，我制造了密室。"

"你为什么拿走打火机？"

"因为上面沾了我的指纹。"

"指纹？"

"我也拿了一根烟。并用他的ZIPPO点了烟。就是那个蓝色包装盒子的香烟，好像是喜力吧。"

"可是从烟蒂里只检测到了武藤的唾液。"

"我自己带了便携烟灰缸。"

明明现场有烟灰缸却用了自己带的？也就是说，她有意识地不想留下痕迹，这也可以证明她的杀意。

她像是在回忆自己的行凶过程一般，看着手掌。

"在被武藤袭击之后，我一直无法信任男性。甚至五年来都没有接触过男人，"她用自虐般的口吻说道，"穿地小姐怎么看，我做错了吗？"

"这应该交给检察官和法官来决定。"

"我也想听听你的意见，同为女性的你怎么想？"

"这个世界上有两种人。一种是有良知的人，一种是没有良知的人。武藤势一属于没有良知的那种，而将他推下去的你也是一样的。我想说的只有这些。"

"……的确，你并不是那种敏感的性格。"

我像是要逃避她的视线一般，垂下了眼。她不知道武藤与警察干部的关系。过去的事件之所以停止搜查，恐怕正是因为这层关系的存在。上面的人想掩盖案子的行为也是，我接受他们的指示也是。我感觉自己刚才说出的话，实在是太过苍白。关于没有良知这一点，我们真的有资格说别人吗？

此时糠田带了其他警察回来，湖山小百合没有抵抗，而是爽快地跟着离开了房间。我在走廊中目送着她的背影。

"怎么样？"糠田摸了摸下巴，"参事官会生气吧。"

"我还攒了不少好感值，应该够抵的，"我愤愤地回答道，"毕竟我是优等生啊。"

口中一直吃的零食失去了滋味，只剩下了咖啡的苦味。

主人消失的七〇五号室内，只有照进房间的夕阳独自玩耍。我走进客厅，将身体沉入略高的沙发。此时房间的地板上已经积了些灰。

调查像平时一样，没什么进展。

这也意味着，比平时进行得更加顺利。湖山小百合认了罪，我们从她的房间找出了打火机。虽然表面被擦拭过了，可是上面印有武藤的姓名首字母。这成了逮捕她的决定性证据。还没有等上面给我们压力，我们就赢得了这场较量。

搜查本部充斥着"哎呀哎呀""辛苦了"的对话，然而我心中的徒劳感，反而比成就感更加强烈。这起事件的额外要素过多，而我也思考了太多额外的事。我想要一个人待会儿，结果最后来到了这里。

我打开报告，看着她的供述。供述的内容和她对我说的一样，只是去除了她向我发问的部分。

您没有想要杀死的男性吗？

实际上的确有这么几个人。一个是我上大学时研习组的同学。我们原本应该一直在一起，他却因为毕业前发生的某起事件，从我的世界中消失了。我已经将近五年没有见过他了，如果再见的话会怎么样呢？至少会揍他一顿吧。

我，似乎的确是弄错了什么。

没错。在我的内心深处，并不认为她的做法是错误的。她是被害者，遭到了性骚扰、准强暴，以及隐瞒案情。我的胃袋收缩了起来。身体产生了一种想要强行将胃底的果冻吸出的感觉。

　　多云的天空变为紫色，我继续阅读着她的供述。

　　我停止了翻动文件的手。

　　我从沙发上探出身子，翻回刚才的文件夹，确认着几个细节。某个疑点浮现在我的脑海。我穿着袜子走到阳台，靠近手边的桌子。

　　突然，我的目光停留在了排水管上。

　　在阳台的一角，有一个竖向的排水管。这是每个公寓都备有的细管，高度和桌子一样，上面正卷着什么东西。我伸出手，触碰到了它。

　　那是常春藤的一截碎枝。

4

审讯室里的空调很冷。湖山小百合并没有露出疲态,仿佛在那里已经坐了多年一般,一直静坐在椅子上。

"突然打扰你,不好意思。我有无论如何也想确认的事。"

"什么?我应该已经全部都说出来了吧。"

"只是一些细节,"我坐到了她的对面,"你说和武藤一起去了阳台。可是,当时武藤穿着拖鞋,他的房间里也没有客用拖鞋了,你是怎么去的阳台呢?"

"我穿着袜子出去的。"

"可是,阳台上积满了灰尘。应该会把袜子弄脏吧。"

"我完全没有在意。因为太生气了所以大脑一片空白……"

"不,事实并非如此。我想知道,你杀人后的行动。杀人后,你回到房内并且离开房间。可是如果穿着脏袜子穿过房间的话,应该会留下痕迹吧。但是房间内的地板是干净的。那么,你是如何通过房间的呢?"

"啊,那个啊。"

她似乎是在努力回忆般低下头。"我当时脱下袜子,赤着脚走过了房间,然后在穿鞋的时候重新穿上了袜子。"

"你确定?"

"是的。"

"谢谢你。我现在可以确定——你没有杀害武藤。"

她抬起头。

我呼吸着冰冷的空气，在桌子上交叉双手。

"武藤势一是自杀的。"

"每个人，都只会相信对自己有利的故事——这是你曾经说过的话。我，也想创造一个对自己有利的故事。并且因此被骗了。"

男人和女人。复仇故事与杀人事件。

事实并非如此。

"让我按照时间顺序来说吧。七〇五号室的阳台排水管上，卷到了这个东西。它的高度，与放置烟灰缸的桌子一样。"

我将放在塑料袋中的小小证物递了过去。

"这是武藤养的常春藤的枝。这意味着，这个盆栽原本是放在阳台桌子上的。但是我们来到现场时，却发现盆栽是在桌子脚下。也就说，它从桌子上移位到了桌子下面。"

"也就是在这时，有一截卷到了排水管上。"

问题是，它是什么时候变换位置的。

"盆栽下压着一张烟盒的包装纸。在阳台上找到了金蝙蝠和喜力两种香烟盒子。是哪一种的呢？要找出答案很简单。根据我部下的话，现在流通的金蝙蝠并没有这种包装纸。也就是说，这个包装纸是喜力烟盒的。有时老烟枪也能提供点有用信息呢。"

"也不能如此断言。"湖山说道，"也许是很久以前他抽过其他香烟，那时掉下的包装纸呢？他可是经常会在阳台抽烟的。"

"这不可能。武藤平时只抽金蝙蝠。那天夜里，他是因为金蝙蝠卖完了，所以才一边念叨着'只剩两根了'一边买了喜力。

也就是说，只有案发当晚，才有机会在阳台上掉落这个纸烟盒的包装纸。"

"总而言之，这个盆栽从桌上被挪到桌下，是在案发当晚，武藤打开喜力烟盒之后的事。"

"我想起来了，"她提高了声调，"武藤在抽烟之前，的确把盆栽挪了下去。因为挡到桌子上放烟灰缸了。"

"是为了放烟灰缸才拿走的吗？这样啊。可是桌子上应该有足够空间同时放下盆栽和烟灰缸吧。现在的烟灰缸放在桌子的一角。而且，明明还有在吸的，也不会再突然打开一盒喜力吧。因此，我不认为他将盆栽放下是在抽烟之前。也就是说，在抽完烟之后，他才将盆栽拿下去更加顺理成章。"

湖山的喉咙微微地震动着。我继续说道。

"不过，我同意他是为了将什么东西放上桌子而拿下盆栽的说法。除此以外，没别的理由要拿下盆栽了。那么，是为了放什么呢？"

我们到达现场的时候，阳台的桌子上只有烟灰缸和香烟。而湖山小百合从现场拿走的，也只有一个很小的打火机。

如果桌子上放着什么，它到哪里去了呢？

还有什么其他东西吗？当晚从阳台上消失的，需要将盆栽拿下而放上的大东西。

只有一个。那就是——

"武藤势一本人。他在吸完烟后，将盆栽拿下来放到地上。而后，他自己站到了桌子上，并且跨过扶手跳了下去。他并不是你推下去的，而是死于自杀。"

湖山什么都没说。只能听到空调的运转声。

"那天晚上，你发现住在楼下的就是武藤。你来到他的房间，斥责他过去所犯的罪，并且将他的包扔出去打碎了玻璃杯。我想这些都是事实。然而与你的供述有出入的，是之后发生的事。恐怕武藤向你忏悔了吧。"

世界上有两种人。有良知的人，与没有良知的人。

而人类，每一刻都有可能，从一种人变成另一种人。

"海滨新闻"近几年一直致力于报道关于性骚扰与性别歧视问题。也许是在工作的过程中，武藤的性格发生了改变吧。

"为此而感到动摇的你，对他说了现在道歉为时已晚，用死来偿还吧一类的话，而后离开了。数十分钟后，你听到咚的一声。你从阳台往下看，发现武藤已经死了。他一边吸着烟，一边与过去自己犯的错对峙了一番吧。而烦恼的结果，是他选择了死亡。"

当然，我并不认为他只是为了赎罪。也许动机中也有一部分是害怕被告发后自己的人生就此完蛋的绝望感。然而，武藤势一受到了良心的谴责，也应该是事实。

"你在胡说八道什么？"她的长发左右摇摆着，"如果他是自杀，那打火机怎么解释？为什么我会拿着他的打火机？"

"虽然是突然的自杀，却并不是冲动地一跃而下。他是在抽了四根烟之后才这么做的。应该也留下了遗书吧。他将遗书和信封留在了桌子上，因为害怕被风吹走，而将打火机放在了上面。从八〇五探出身子的你，也看到了桌子上的东西。我想你应该是注意到了遗书，所以又去回收了遗书和打火机吧。"

"我要……怎么回收……"

"比如说，你阳台上的那个晾衣杆。它是轻量型的，而且能够伸出四米的距离。你将海绵一类的东西固定在杆子上，然后把脱毛蜡涂在上面，这样就制成了简易的粘虫胶。而后只要将杆子伸到下面就能轻易地将遗书粘上来吧。至少比制造密室诡计要更加简单。"

我脑海中浮现出两个侦探耸着肩的样子。那两个人虽然有才能,却并不是万能的。这次他们就搞错了。

"这时,和遗书一起被粘上来的,还有打火机。你擦的并不是打火机上的指纹,而是上面的脱毛蜡。现在,科警研[①]正在检测武藤的打火机。如果我的想法正确,应该能够在打火机的表面发现脱毛蜡的微粒子。"

"我为什么要这么做?为什么我要特意藏起遗书,并且要装成凶手呢?"

"这你之前不是已经说过了吗?因为他应该被杀死。你不能原谅他自杀这件事。自己憎恨了整整五年的仇人,你不认可他自裁的行为。甚至连让自己成为凶手,都比承认他会自杀要好。所以你收回了遗书和打火机。让他看起来像是被什么人推下去的。而让他的死看起来很可疑,引起媒体的关注,可能也是你的目的之一。唯一的问题是密室是如何形成的。但我把诡计告诉了你,你利用这一点,承认自己是凶手。"

受到强暴的她,应该是有量刑余地的。而且只要她坚称自己并非蓄意杀人,甚至有可能会不被起诉或者仅获得缓刑。她可以不用服刑,而将过去武藤的恶行曝光,从而给武藤贴上最坏的男人的标签。

"这实在是一个很聪明的复仇方法。"

我合上文件,等待着她的反应。她绷着肩膀,好像是缺氧一般低着头。

"这并不是聪明的方法,而是失败的做法,"她将视线移到了

---

①受命于警察厅长官,专责为研究、实验科学搜查、防止犯罪、交通事件鉴定、证物鉴定及检查。

装着常春藤枝的塑料袋上,"这些,都是你从这个切片上得出的结论吗?"

我当然不可能拥有这样的能力。我可不是名侦探。

"在你的供述中,有不少矛盾的地方。首先,你说自己只抽了一根喜力。一盒喜力里有二十根。烟灰缸里有两根武藤抽的喜力,盒子里有十八根,如果你也抽了一根,数量就对不上了。而你拿走打火机的理由也很微妙,虽然你说是因为上面留下了指纹,但是桌子上也同样留下了你的指纹,你却置之不理。还有就是,袜子。"

"刚才你提的问题吗?为什么你如此确信?"

"对于不想在房间中留下自己痕迹的凶手来说,不可能赤脚走过那个房间的。"

"那总比留下脚印要好吧……"

"你忘记了一件关键的事。那就是门前的碎玻璃。"

湖山抬头看着天花板。果然,她还是不擅长撒谎啊。

"我们停止发出杀人逮捕令,对你适用的罪名是证据隐藏罪。深川署之后会联系你,不过今天你可以先回去了。我的部下会在外面给你带路的……"

"我没有错!"她的声音变得疯狂起来,"我没有错。那个男人应该被杀死。"

"也许的确如此。但并不是被你所杀。"

"是我杀的!这是我和他的战斗。穿地小姐,为什么你不明白呢?男人和女人,你到底站在哪一边?"

"如果非要我回答这么愚蠢的问题,"我看着她的眼睛说道,"我站在正义的一边。"

敲门声响起,部下们进入房间。

5

梅子果酱是传统零食界的长销商品。

产地是梅之花本店。在梅肉里混入砂糖、淀粉、小麦粉等，再煮成面团状，口感既像果酱，又像软糖，还带有绝妙的酸味。一般是涂在仙贝上吃，不过直接吃也很美味。就在我拿着它的工夫，因为体温的缘故，酱糖很快就变硬了，这也是直接食用的快乐之一。

"总算是避免了最糟糕的结果。"

参事官的声音，今天听起来也干巴巴的。

"虽然网络上仍然还有些骚动，不过讨论的势头已经降下去了。果然自杀的结论奏效了。这都是托了小决的福啊，多谢啦。"

我一边吸着梅子酱，一边回答"不客气"。哪怕是无敌的传统零食，在和他的对话中也显得无味起来。

"就按照这个节奏继续加油干吧。侄女的幸福也是我的幸福啊。"

"我会努力的……对了参事官，我有一个问题想问您。"

"什么？"

"您工作得快乐吗？"

"我不觉得快乐，以后也不会。可是，这份工作适合我。"

那就这样吧，我再一次主动挂掉了电话。

我拿下眼镜，揉了揉眼睛。正要回到案头工作时，我的手机响了起来。这次是御殿场打来的。

"我看到新闻了……果然，我们还是不适合当安乐椅侦探啊。"

"那都是因为你们沉迷乒乓球游戏。不过不用在意，我已经解决案子了。"

"那就好。嗯？干吗啊，冰雨。这个？不，我看买个古朴点的比较好。"

"你们在干吗呢？"

"我们在车店呢。准备买个二手车，侦探总得有个代步工具才行。"

"我们国家没有驾照是不能开车的。"

"我们有啊。八年期的那种。"

"绝对别让药子坐你们的车，那孩子还有未来。"

我靠到椅子上。虽然并非本意，但我还是叹了口气。

"你怎么很累的样子啊。"

"算是有点……对了，如果我说，我不想当警察了，你们会怎么想？"

"那就延期买二手车，如果再来一个兼职的，就得节约经费了。"

"……还真是谢谢你。"

我挂断了电话。如果要去他们的侦探事务所就业，那可真是最坏的结果了。看来还得继续在这个岗位上干下去啊。

耳边传来啪嗒啪嗒的急促脚步声。小坪出现在我的工位对面。

"穿地姐，有案子了。"

我拉开抽屉，从之前存放在里面的零食里，拿出了一包新的梅子酱。我将它装进口袋,站起身来。

"知道了,走吧。"

我披上外套,向现场出发。

消失的少女 追寻的少女

1

"不行……不行，倒理，我还是不行。"

冰雨抱着脑袋，发出悲痛的声音。我将手搭在他的肩上。

"你可以的。没关系，拿出自信来，我会陪着你的。"

"不行，我做不到。这绝对不行。"

"冷静点，兄弟。你看，我们二人组是无敌的，对吧？到现在为止，我们有解决不了的事吗？嗯？"

"确实有几件。"

"……啊，确实有几件。但今天不一样。赶紧弄完吧，时间已经很紧张了。"

"可是，可是如果。"

"哪怕不行，我们也会死在一起的。"

我用我那经常被人说是恶魔般的表情，尽量努力温柔地笑着说道。冰雨还是一边抽着鼻子，一边点头说着"我知道了"。随后露出了下定决心的样子。

我们重新抬头向前，两个人同时开始深呼吸。

冰雨发动了引擎，而我则从助手席伸出脖子。

车子开始龟速向前行驶。

"好的就这样，OKOK，喂！不，没事，小心点小心点。"

大概在两周前，我们觉得需要一个代步工具，便去买了一辆二手车。车是日产的"ＰＡＯ"。这种八十年代后半期产的派克车，带有车顶梁的天蓝色车身，圆圆的车灯，掀背式的后部座席，还有转式手摇车窗——不管是外面还是内里，都充满了复古感的设计。

这种外观和"一般事故车才有的便宜价格"，吸引我们购买了它。结果我们失算了。虽然ＰＡＯ是小型车，但我们事务所前的路要更窄一些，而且拐角特别多，此外，路边的车和电线杆，以及院子里伸出来的花架，都阻碍着我们前进。另外，我们两个还都是拿了驾照就没上过路的小白司机。

"没事吧，倒理，没蹭到吧？"

"现在还没事。啊注意左边！注意后视镜！"

结果我们出门时就变成了这样。

"要不还是你来开吧。"

"上周就是我开的。这周该你了。快点吧要来不及了。"

"我根本就不想看什么《贞子ＶＳ伽耶子》！"

"好不容易抽到了打折券，不看就亏大了。"

"比起电影，倒是现在的情况更恐怖吧。"

"那部电影在美国都引起轰动了呢。好了，难开的地方已经过去了，接下来只要正常——危险！"

就在车子提速的瞬间，有一个人从拐角处飞奔出来。

在黄昏时的住宅区，响起了一声刹车声。

"没，没事吧？"

冰雨吓得赶紧下车，我也跟着下了车。千钧一发之际，车子在来人前几公分处停了下来。对方像是几分钟之前的冰雨，用双手捂着头，不过似乎并没有受伤，而是马上抬起头来。

是个女高中生。

她留着一头油亮的黑色长发，戴着厚厚的眼镜。眉毛略粗，外表看起来有些阴沉。身上穿着的半袖衬衫外，套着绣有校章的针织衫，除了针织衫的扣子敞开着，其它服装都很整洁，裙子长至膝盖，长袜也整整齐齐的。虽然对于这个季节还爱穿高领衫的我来说，可能没资格说她，但是这副打扮看起来，有点热。

　　"我没事。不好意思，是我突然跑出来的。"少女反过来道歉，"请问，这附近是不是有一家侦探事务所啊？叫什么敲门一类的，奇怪的名字。"

　　这话倒是出乎我们的意料。我和冰雨对视了一眼。

　　"敲响密室之门？"

　　"啊，是的，就是这个名字。"

　　虽然这个"奇怪的名字"让我有点尴尬，不过倒也没法抱怨了。我走进车子，对冰雨说："要不别去看电影了吧。"

　　"是啊。这位小姐，欢迎来到敲响密室之门侦探事务所。我是片无冰雨，这个卷毛叫御殿场倒理。您有什么案件想要委托我们处理吗？"

　　冰雨耍帅地说道。而后回头看了一眼我们开车过来的路，抽筋似地看了看我。

　　"倒理……你会掉头吗？"

　　"这件制服，是米凯尔学院的吧。"

　　药子一边做着冰茶，一边看着客厅这边说道。

　　"是池袋的贵族女子学校，很有名的。"

　　"原来是位大小姐啊。看起来的确并不像那种小太妹。"

　　"一个女生独自来到这种没人气的侦探事务所，应该是别有隐情。倒理先生可别大大咧咧地去打听那些敏感问题哦。"

"可是侦探的工作就是打探敏感问题啊。还有，能不能别提人气的事了。这才是敏感话题呢。"

"您把这个拿过去吧。"

药子塞过来一托盘点心。我咬住一块曲奇，端着托盘回到客厅，坐到冰雨旁边。

不知是因为第一次面对侦探，还是因为刚才目击了不会掉头的成年人而感到不安。少女缩着肩膀。

"你叫什么名字？"

冰雨打破了沉默。

"我叫高桥优花。是米凯尔女子学院二年级的学生。"

"高桥小姐，您有什么事吗？"

"我的朋友，不见了……我希望你们能帮忙找到她。"

是寻人啊，这是经常有人委托的工作类型。我的热情有所消减。如果把自己的失望直说出来，应该会被冰雨说对待工作不认真吧。

"您朋友的名字是？"

"潮路岬。"

"您带照片了吗？"

优花打开手机，向我们递了过来。

手机画面上，是个给人以小鸟般感觉的少女。她一头短发，留着齐刘海，正站在CD店的货架前，若无其事地摆着V字手势。如果用AI对世界上所有的自拍进行深度学习，取平均值，最后可能呈现出的就是这样的照片，不管是本人的样子还是她的笑容都普普通通。她的身材也毫无特点，而她的脸上化着像参加演出般的浓妆。身上穿着夏天的校服衬衫，系着红色的领结。

"她和你的校服不一样？"

"岬是鹭泽女子高中二年级二班的学生。她和我初中的时候读同一所辅导班，所以上了高中我们还是很要好。"

我对比着照片中的岬和眼前的优花。一个像是典型的化着妆的马路上随处可见的女生，一个则像是在班级一角读着文库本的大小姐。看起来完全没有共同点。

也许是察觉到了我们的疑惑，优花的脸红了起来。

"我们两个人都喜欢'瓶装少年'这个偶像组合，所以……"

"你说'瓶少'？太好啦，"端着饮料过来的药子也突然插话，"我最喜欢的是 Wacchi。"

"啊，我知道。我也超爱 Wacchi。"

"他会偶尔忘记自己的咒术师设定，超可爱的。虽然现在人气还不是太高，但有着登上武道馆的潜力呢。"

两个女生突然就自顾自地聊了起来。冰雨不为所动地扯回了话题。

"你说的不见了，具体是怎么回事？"

"我联络不到她了。给她发了 LINE 却没有显示已读，电话和邮件也找不到人。"

"会不会只是她不想联系你？"

"不，不会的，"优花也认真了起来，"她好像最近没去学校，宿舍也——啊，岬是住在鹭泽的学生宿舍，现在她却并不在那里。我给她在小田原的父母家里打了电话，也说没有回家。"

"你是从什么时候开始无法联络到潮路的？"

"七月四日，也就是，星期一的傍晚。"

今天是星期三，也就是说已经失联两天了。

"以前也发生过类似的情况吗？"

"没有，这是第一次。"

"对她失踪的原因，你有没有什么猜测，比如最近她是否和人发生过什么争执？"

"完全没有。应该也没有和别人产生过矛盾。"

"那会不会直接报警比较好呢？"

我终于把这句话说了出来，优花则低下了头。

"搞不好也许她马上就回来了。我不想把这件事闹太大……"

"您放心，我们会秘密进行调查的，"冰雨转换成业务式的语气说道，并且踩了我一脚，"好不容易来了委托人，你干吗说这种话。"

"因为我完全没兴趣嘛。我是破解不可能犯罪的。"

"你怎么又来了。"

"那，那个，"优花的声音突然变大了，"这个，也许是我搞错了。"

我们停止了小打小闹，注视着委托人。优花像是下了决心一般，将冰茶一饮而尽。

"星期一的时候，我在放学的路上看到了岬。是在驹入站的隧道附近，是叫地下通道吧。就是那种，在电车轨道下面的马路上，通过一个斜坡到下面，再穿到马路对面的……您能明白我在说什么吗？"

虽然是结结巴巴的说明，不过我还是点头催促她继续说。

"我正走在那个通道的旁边，听到有人喊我'优花'。我顺着声音的方向看过去，发现岬正在马路的另一侧冲我挥手。她当时是在西边，也就是住宅区一边的马路上。而后岬做了个'我现在马上过去'的示意动作，便走进了地下通道。我就在这边的坡道上等着岬过来。可是，我等了五分钟，她还是没有出来。我当时觉得不太对劲，就走进地下通道去看……结果里面没有任何人。"

她的声音渐渐变小，最后结束了讲述。

我胡乱地揉着脑袋上的卷毛，重新直起身子。

"你记得当时的具体时间吗？"

"七点左右吧。我在等她的时候看了一眼手表，应该没错。"

"当时潮路岬给你的感觉如何，比如她的衣服和状态？"

"因为离得很远，所以我看不清楚……感觉就和平时一样吧。穿着鹭泽女校的夏天校服，背着书包……啊，她肩上好像还背了一个运动包。之前她说，她有参加游泳俱乐部，我当时觉得她应该是刚从那边回来吧。"

"地下通道里有没有异常？"

"没有。"

"该不会，"冰雨探出身子，"她和潮路小姐失去联络就是从那时开始的？"

"从那以后就再也联系不到她了。"

侦探们陷入了沉默，委托人则将视线投向窗外。天空开始变暗。

"我很害怕。该不会……岬——真的消失了吧？"

2

"你怎么看?"

第二天是星期四。冰雨一边看着白色的校舍楼,一边说道。他有些焦虑地用指尖敲击着方向盘。

"你说什么?"

"那个女生在地下通道消失的事。"

"人会消失啊,"我将双手在脑后交叉抱起脑袋,"走进了一条地下通道里的人,却没有从出口出来,那应该是回去入口那边了吧?如果是电车下面的地下通道,五分钟内应该有好几辆车通过。可能是中途上了电车,这样从对面是看不到的。又或者是对方一直在地下通道里等着,但是委托人进去之后和对方错过了。"

"可是,真的会有这种理由吗?而且从那之后,对方就失去联系了。"

"'WHY'是由你来破解的。走吧。"

一群女高中生像羊群般从刻有"鹭泽女子高等学校"字样的大门涌了出来。我们走下车子,走进人群。虽然已经做好了心理准备,会被当成可疑人士,可是对方倒是主动地包围了我们,"是谁的男朋友吗?""还有点小帅啊?"等声音不绝于耳。

"我们还挺受欢迎的啊。"

"这可不是什么好玩的事。我们就跟在学校院子里迷路的狗一样。"

原来如此，确实。

鹭泽女校是根据领结颜色不同来区分年级的。我们之前已经调查过了，二年级的女生戴红色领结。我们专门找系红色领结的女生搭话，很快就找到了潮路岬的朋友。

"潮路从周四开始就休息了。"

"我知道，"我说，"她周一来学校了吗？"

"来了。本来我喊她一起去麦当劳的，但是她说要去游泳俱乐部。"

"俱乐部在哪里？"

我们打听出了俱乐部的地址，就在车站对面，距离这里也很近。

"潮路最近有没有说过什么？"冰雨问，"比如和人发生争执啦，或者有什么烦恼。"

"嗯？有没有呢？"

"好像是说手机摄像头坏掉了？"

"还有最近把隐形眼镜换成日抛了有点不舒服。"

"再有就是她喜欢的偶像最近都没上电视了。"

"都是大问题啊，"我无奈地说道，"她有朋友吗？"

"我感觉应该是没有吧……为什么问这个啊？"

"其实我们是星探，想找岬去当偶像。"

"找潮路？"

"潮路有那么可爱吗？"

"不过她化妆确实很厉害。还会修照片。"

"啊，原来如此！"

不愧是十几岁的女孩子，说着说着就开始发散思维。冰雨迎难而上继续问道：

"平时潮路是个什么样的人？"

"什么样的……很普通啊。"

"感觉没什么印象。"

"虽然我们在班里关系挺好的，不过也没熟到那种程度啦。"

"其他朋友呢？"

"嗯，普通聊天的朋友倒是挺多。但也没有特别亲密的朋友……"

"喂，你们在干吗呢？"

一个穿着运动服的中年妇女走了过来，大概是这里的教员吧。她把学生们赶回去之后，往我们这边看过来。看起来不像是个会温柔对待迷路小狗的人。

"你们在干吗？"

"我们来找潮路岬。"

"潮路？啊，是我们班的。她感冒休息了。要见她就办手续去宿舍吧。"

"感冒……请问，是谁帮她请的假？"

"是宿舍那边吧。行了赶紧走吧。"

"等一下。您是她的班主任吧，在您看来，潮路是个什么样的学生？"

"没什么特别的。"

"没有什么问题吗？比如霸凌一类的。"

"没有啊，就是个普通学生。行了赶紧走吧。"

她挥着手赶我们离开。

我们回到车上，像是看到柜子里的薯片受潮了一般，满脸无奈。

"都说是个普通孩子啊。"

"那也挺好的。"

"可是,普通的孩子不会失踪。"

"会不会是真感冒了呢?我们去宿舍看看吧。"

"要真是那样就好了。"

冰雨打断我的话,发动了PAO车的引擎。我们的脑海中,浮现了相同的可能性,但是谁都没有说出口。

学校门口的女高中生人群已经变得稀稀拉拉了。

"潮路感冒休息了。"

鹭泽女生宿舍,是个地道的公寓风格建筑。我们两个大男人恐怕很难大摇大摆地进去。宿舍管理员一边吃着煎饼,一边用和刚才那个老师一样的眼神,说着跟她一样的话。

"能让我们见见她吗?"

"你们是潮路的熟人?"

"我们是她家亲戚,有急事。"

"我们发现了她爷爷的遗书,恐怕马上就要发生家族大规模杀人事件了。"

"你们的身份证呢?"

"啊,忘带了,冰雨带了吗?"

"我也忘了。等见到面,你可以直接跟她本人确认。"

"这可不合规矩。"

"她是从周四开始休息的。是本人请的假吗?"

"是她同宿舍的舍友,周四早上跟我说的。"

"原来有舍友啊。我们能不能见一下那孩子?"

"身份证呢？"

"我们下次再来。"

我们离开了接待窗口。要找个女高中生，可比我们想象的还要麻烦。

大厅的沙发里，坐着不少公寓里的学生。我们能够感受到他们投来的好奇视线。我随性地挥了挥手。冰雨拍了拍我，向玄关走去。

我们走出自动门时，突然有人在身后向我们搭话。

"请问，你们找潮路学姐有事吗？"

站在我们面前的，是个身材娇小，感觉很清爽的女生。"你是？"冰雨问道。

"我叫本庄真琴。是潮路学姐的室友……其实学姐，并不在宿舍。"

我不自觉地抬头看了眼女生宿舍的阳台。

"星期一早上，她跟我说：'我大概有一阵子不会回来，你帮我掩饰一下。'我本以为她在开玩笑，没想到她真的没有回来……"

"所以感冒是撒谎了？"

"是的，我们宿舍就是这样，随便扯个谎就能骗过去。我之前想休息的时候，也让学姐帮我扯谎请假来着。我当时觉得还挺好的。"

但是对方三天还没回来，她感觉到不对劲了。

"岬有说过其他事吗？比如去了哪里，要做什么。"

"并没有……之前她好像想去看那个偶像组合的全国巡演，会不会是去那个了啊？"

之前我们也调查了一下，那个简称为瓶少的"瓶装少年"组合的线索。最近一周，那个组合在市里都没有活动。

"那之后潮路有跟你联络吗？"

"没有。我给她发LINE也没有显示已读。"

"除了你以外，还有人知道她不见了的事吗？"

"只有我。果然还是应该告诉别人吗……"

"不，先保密吧。如果后续有什么进展，请你告诉我。"

冰雨将名片递给对方。真琴看了一下，比起'侦探'两个字，她倒是对我们侦探事务所的名字更加在意。

"敲响……这名字有点怪啊。"

"经常有人这么说啦。"

"别多嘴了。"

真琴回到宿舍。我们也返回车里，两个人陷入沉思。冰雨再次敲打起方向盘。

"现在明确了两件事。第一，潮路岬是真的失踪了。第二，失踪这件事，是她在周一时就已经计划好的。"

"这还真是两个大发现啊。从哪个说起呢？"

普通少女突然消失，不接电话也不看手机消息。在这种情况下，有一个非常高的可能性。

那就是她被卷入了某起事件中，现在可能已经不在这个世界上了。

然而，如果是本人计划好的主动消失，那应该还有生还的可能。至少比死在什么地方，或者是消失在地下通道里，可能性更高。

PAO缓缓地驶出停车场。烦人的蝉鸣声响了起来。冰雨的脸上流下汗水，我也卷起了袖子。

"这个车有个问题，空调制冷效果太差了。"

"也没有导航,还没有自动刹车和行车记录仪。"爱操心的司机转了方向盘,"我们去个凉快的地方。"

"潮路同学每周星期一都会来,这周一也来了。"

这位八岛教练说的话,经由蓝色的墙壁产生了回声。就在这段时间,学生们来来回回,从泳池里翻上翻下。

"有没有什么特别的地方?"

"这,没有吧……她看着跟平时一样啊。星期一下午四点开始,练习三个小时,七点前结束。远藤同学,集中注意力!"

八岛向泳池的方向发出指示。这里的学员,既有小学生,也有高中生,不过最多的反倒是主妇样子的女人,泳池里一片懒洋洋的气氛。比起那种搞专业训练的游泳俱乐部,这里倒更像是个减肥健身俱乐部。

"岬是个什么样的学生?有没有和人发生过争执?"

"不,没有没有。就是个普通的孩子。来我们这里一年左右。从没出过什么问题。对了,远藤,潮路挺普通的吧?"

"潮路?是啊。"

从泳池里出来的远藤,用手抹了一把有点发胖的圆脸。就好像刚刚泡完澡一样。

"我跟她年纪差得挺多,平时不怎么说话的。"

"她在俱乐部里跟谁关系比较好呢?"

"嗯,星期一没有其他像潮路这么大的孩子来。不过这种普通的孩子,在学校里应该也有朋友吧?"

"星期一的时候她状态怎么样?"

"怎么说呢……啊,她回去的时候,好像有点慌慌张张的。"

哦？我发出声响。终于出现了"普通"以外的信息。

"我们本来在更衣室里聊天。可是潮路换完衣服马上就出去了。平常她都会在镜子前，一边吹干头发一边重新化妆的。"

"这次她都没照镜子就走了吗？"

"对对，也没用吹风机。感觉像是有什么事。"

"她是几点离开的？"

"七点前一点儿吧。"

从这里，走到她"消失"的地下通道，只需要两三分钟。而高桥优花目击到她是在七点左右，当时她正背着运动包。时间和证词吻合。

"当时她确实有点匆忙，"八岛说，"对了，她还落了东西在这里。"

教练员回到事务室，马上又走回来。手里拿着一个蓝色的东西。

"是这个。如果你见到潮路就交给她吧。"

我们来的时候自称"岬的亲戚"，看来对方毫不怀疑。这个亲切的肌肉男把岬的物品交给了我们。

我们原以为，也许是张奇怪的字条，或者是哪里的钥匙——结果只是一副泳镜。

从游泳俱乐部出来后，我们去往那个地下通道。

在山手线的线路两侧，有两条平行的道路。靠近住宅区这一侧的路，是潮路岬所在的那一边。而对面能够看到便利店和牛肉饭餐馆的那边，则是高桥优花所在的一侧。四条上下行车道，加上等车时乘客站的侧线，这两侧道路的距离大概有五十米。虽然这里不是大街,不过两条路上的人都不少。

这条人行道的一部分是个缓坡,经过三四米就可以通到地下部分,再转一个直角,就连接到地下通道。简单来说就是一个コ字形。有两条横向的上下坡,以及一条纵向的地下通道。

我让冰雨在这里等着,我走下坡,进入了地下通道。这个通道高不到三米,比我们事务所前面的道路还要狭窄。每隔几米就有一处荧光灯,墙上画着一堆涂鸦。别无他物。既没有分叉路,也没有可以藏人的地方。

我径直走过地下通道。电车从我的头顶通过,我感到了轻微的震动。我用了一分钟左右的时间走到了出口。和入口一样,也只有一条缓坡向上延伸出去,从那里可以走到地上。

这可以说是世界上最无趣的现场调查了。

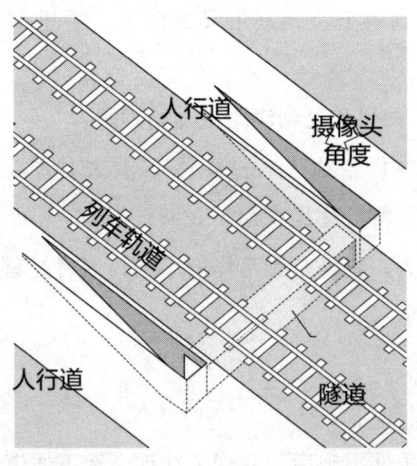

"有什么收获吗?"

马路对面的冰雨向我这边喊道。我夸张地摇了摇头。冰雨东张西望了一下,随后走进了旁边的点心店。是突然肚子饿了?我从刚刚通过的地下通道走回。

我走进点心店时，发现冰雨正在和一个店主模样的大婶说着什么。大婶站在柜台内侧，冰雨冲我竖了下大拇指。

"我请她让我看看周一晚上七点的监控录像。因为店门口有摄像头，所以我想应该能够拍到地下通道入口位置的影像。我想确认一下当时潮路岬的行动。"

"接吻了吗？"

"跟谁？"

"那个大婶。"

"什么啊。"

"不然她怎么这么爽快就答应了啊。"

"我买了一整箱糯米饼。"

"……看来暂时不用担心家里没吃的了。"

一脸喜不自禁的大婶，单手拿着笔记本电脑走了过来。出乎我们意料的是，她的电脑操作相当熟练，马上就开始播放起了录像。

七月四日，下午六点五十分。和冰雨预想的一样，摄像头的一角确实拍到了地下通道出入口的斜坡。但电车轨道就在镜头之外了。虽然是彩色影像，不过并没有声音。从录像中看到的天色有些昏暗，只有街灯的模糊照明点亮街道。

这样无聊的光景持续了好一会儿，斜坡上终于出现了少女的身影。

和照片上看起来相同的少女，潮路岬，从画面上看不清她的表情，只能清楚地确认，她留着短发，系着红色的领结，背着书包和运动包。

应该是在向优花做了个"我现在过去"的姿势之后，岬走下坡道，进入了地下通道。当时的时间是六点五十八分。我们的眼睛死盯着视频画面。

两分钟。三分钟。时间一点点过去。地上的电车通过，如同珠串般的影子，从柏油马路上通过了三次。

经过五分钟左右，地下通道有人出来了。并不是岬。而是一个光头的上班族。而后是一个推着自行车的大叔，走进了地下通道。七分钟，八分钟——计时器计算着时间。

过了七点十分，潮路岬仍然没有从地下通道里出来。

小心起见，我们将视频快进到了七点半，仍然没有出现她的踪迹。

"………"

这时我听到了咔嚓咔嚓的声音。店主大婶正将糯米饼装进箱子里。看到我和冰雨脸色铁青的样子，她大概是怕我们不付钱吧。

她的确走进了通道。却并没有从另一侧出来。也没有从入口出来。

潮路岬消失在了地下通道中。

3

"这样啊……"

星期五。高桥优花再次到访,来听取我们的进展报告。虽然其实根本就毫无进展。听了冰雨的话,原本满脸期待的委托人,脸色阴沉起来。

"潮路小姐在星期一早上,对室友说'有一阵子不会回来'。从这个时间节点,她就开始策划自己的失踪了。她像平时一样去了学校和游泳俱乐部,但在回家的路上,消失在了地下通道。"

"岬确实没有从那侧的出口出来吗?会不会是看漏了?"

"不,不会。绝对不可能。"

"会不会是在玩手机没注意呢?"

"哪怕那样也会注意到岬过来了。因为我就是在等她啊。"

"……说的也是。"

为了不给她增加多余的担心,我们暂且没有说出,昨天确认过的,她"消失"在地下通道的事。人是不会消失的,如果看上去像是消失了,那就是使用了诡计。而这就是我们的作业。

"我们也去了你之前说的潮路的父母家。"

冰雨继续报告。昨天晚上,我们在外面住了一晚上才回来。

我们观察了许久她家的动静,但岬并不像在家的样子。我们进去找了她的父母,结果得到了有意思的信息。岬一般会每隔两三天就给父母发送信息，昨天也跟父母简单交流了。类似"还好吧？""嗯"这种程度的简单对话。因此，她的父母并没有发现她失踪的事。

总之这算是个新的信息。她不看其他人的消息，却会好好回复家里人的信息。

"也就是说，岬还活在某处吧？"

"大概是吧。"

委托人放下心地轻叹了口气。虽然也有可能是其他人拿了岬的手机回复，不过暂时还是别提这个比较好。

"那你跟岬的家里人说了失踪的事吗？"

"不，因为你委托的时候说不想把事情搞大嘛。不过今天已经是第四天了。是不是直接报警比较好呢？"

优花低下头，用手指捏着饮料的吸管。

"关于平时的岬，大家都是怎么说的呢？"

"都说是个普通的孩子。"

"好像是那种完全不会给人留下什么印象的人呢……"

"……"

优花咬着下唇，似乎是对这个答案有些迷惑。而后她小声地说道："他们都不知道。"

"那么在高桥小姐看来，潮路是个什么样的人？"

"岬是……岬是个敏感的人。虽然平时表现得很开朗，但实际上很不擅长和人接触，会为了一点点小事而烦恼，受伤。她平时看起来很普通，大概只是勉强装出来的样子吧。"

"她之所以会失踪，会不会也是厌倦了这样的生活呢？"药子也终于走过来，坐在了优花身边，"我有的时候也会产生这样的心情，想忘记烦恼逃跑。"

"原来药子也有烦恼啊。"

"因为工资太低了。"

"这我们可解决不了。"

"不过确实,也有可能是为了转换心情才消失一段时间的,"冰雨露出了思考的神色,吃着昨天买的糯米饼,"她的LINE是有反应的,因为不想让家里人担心……这样的话,没准很快就回来了。"

"是啊,马上就会回来了吧。所以优花也提起精神吧。啊对了,我们加个LINE吧,可以聊瓶少。这是我的二维码。"

"啊,好啊。"

倒是药子,可能更能体谅跟她年纪相仿的委托人的心情吧。两个人并肩坐着。"不好意思,好像读不出来""那告诉我ID吧"她们一边闲聊着交流了起来,而这时冰雨查看了一下邮件,站起身来。

"本庄说,OK了。"

"好,那我们走吧。"

"你们要去宿舍那边?"优花问道。

"是的。我们准备偷偷进去。调查一下潮路的房间。"

"你也来吗?"

"不。我还要学习……我这就走了。"

对方有礼貌地拒绝了。看起来像是很忙的样子。这么说来,她确实是贵族学校的学生。

从沙发上站起身的优花,突然停止了动作,一直看着我。准确地说,是看着被高领衫围住的我的脖子。优花稍微皱了下眉,指了指自己的脖子。

"请问……御殿场先生,这么穿不热吗?"

"热啊。"

"那为什么还要这么穿？"

"因为这家伙好奇心重。"

为什么回答的人反而是冰雨呢？我继续一边吃着糯米饼，一边看着这个穿着校服的委托人。客厅里的空调相当冷，优花今天也没有系针织衫的扣子。

"你，该不会其实是个巨乳吧？"

我话一出口，优花马上就用胳膊挡在胸前，药子和冰雨的拳头向我飞了过来。看来是个敏感话题啊。

小门对面传来了钥匙转动的声音，本庄真琴出现了。

我们赶紧走了进去。走廊里一个人都没有。大概都去吃晚饭了吧。食堂传来学生们的谈笑声。我们放轻脚步，走上楼梯。

"哎呀，搞得跟侦探一样。"冰雨说道。

不然你觉得到目前为止你在干吗呢？

岬和真琴的房间，在宿舍的三楼。里面的床、桌子以及衣柜各有两个。是左右对称的配置。右侧的墙上贴着"瓶装少年"的海报。看起来这边是岬的区域。

"学姐会生气的，"真琴说，"我随便就让你们看她房间了。"

"这是为了找到这位学姐才这么做的。"

"衣柜最下面那一层，应该放着内衣，请不要查看那里。"

"我们的工读生也是女高中生，还一直帮我们洗内裤呢。"

"真的？你们也不害臊？"

"内裤又没什么好害羞的。"

"我不是这个意思。而是你们让工读生洗衣服这件事。该不会这点事都不能自理吧？"

"你觉得正常的大人会偷偷潜入女生宿舍吗？"

"我们会赶紧弄完的。"

冰雨不耐烦地说道，两个没用的成年人终于开始了调查。

我们打开衣柜后，马上发现里面有很多空的挂钩。桌子上也没有找到电脑和充电器。和真琴确认了一下，发现内衣也明显少了。

房间里有洗手间和淋浴室。洗脸台的架子，左侧属于真琴，右侧则是岬的。我们打开岬的那边，虽然里面还留着牙刷和日抛的隐形眼镜，不过上段的格子很空，化妆品和药都不见了。

"衣服和日用品都不见了，"冰雨对真琴说，"星期一的早上，潮路有拿很多东西吗？"

"怎么说呢。我们并不会特别在意对方早上拿了什么……啊，不过出门的时候，我感觉学姐拿的东西确实比平时要多。她背了个运动包，还有一个大大的，像是托特包一样的包包。"

"之前可没有人提到过这个托特包哦。"

点心店的监视器里也没有拍到。

"没准是在去学校前，存在了硬币储物柜里，"冰雨摸着下巴说道，"但问题是她没有带走牙刷。"

"是因为不需要刷牙吗？还是因为她要藏身的地方本身就有牙刷？"

"是那种有洗漱套装的地方吧？"

"酒店一类的。"

"什么？还真的跟侦探一样。"

真琴说道。我们也想自嘲一下，却想不到什么俏皮话，只能板起脸来继续搜查。但是随后，却并没有找到像是酒店的宣传页或者联络方式的东西，也没有其他线索。

"实在不行只能找找这附近的酒店了。"

"是啊，反正感觉她应该不会只忘记带牙刷。"

"啊，说起这个，"真琴竖起食指说，"潮路学姐平时会戴隐形眼镜，但也会带着框架眼镜以备不时之需。周一我回来的时候，还看到她把框架眼镜放在桌子上，可是晚上我洗澡出来的时候，却发现眼镜不见了。"

"……是说岬在你洗澡的时候，回来拿走了眼镜吗？"

"不知道。不过有房间钥匙的，应该只有我和学姐两个人。"

"那是，几点的事？"

"是在吃完晚饭之后……大概就是现在这个时间吧。"

现在墙上的时钟，正指向七点十分。

"对了。如果明天她还不回来的话。我就准备把这件事告诉学校了。"

"请您务必这样做。"

这时走廊里的人开始变多了。我们还是赶紧开溜为妙。

离开房间时，冰雨突然回头对真琴说："还有最后一件事。"

"在你来看，潮路是个什么样的人呢？"

"就是个普通的人吧。"

"有没有在烦恼什么，或者是被卷入了什么麻烦事？"

"这就不清楚了。虽说是宿舍舍友，但我们年级不同，也不怎么经常说话的，"真琴苦笑着说，"真要说的话，倒是她不回来我比较开心。这样我就能一个人住了。"

她一边说着，一边关上了门。

这次访问女生宿舍，并不像我想象的那么愉快。

* * *

"趁着真琴洗澡时进出的人,如果是潮路岬——"

我们回到车里,冰雨打开了地图APP。

"假设她曾经回过一次宿舍。她从游泳俱乐部出来是七点左右。从俱乐部走到宿舍则需要十分钟。如果走那个地下通道,时间正好赶得上,地理位置也说得通。"

"可以排除她从地下通道消失的可能性了吧。"

"这就是关键……你有没有想到什么?"

"我正在想。你的意见呢?"

"我是不可解专家。擅长不可能犯罪的人是你。"

我就知道他会这么说。为了转移话题,我开始在PAO车里东翻西找。我打开仪表板,里面放着昨天从游泳教练那里拿来的岬落下的泳镜。我无所事事地戴上,结果好像是带度数的那种,世界立刻一片眩晕。

这与平时解开谜题时的感觉,颇为相似。

但只是相似,并不是真的解开谜题。我感觉自己似乎抓到了什么,却说不清到底是什么。潮路岬是怎么消失的,去了哪里,如果在明天无法解决,这起事件就会从我们的手边溜走。因为很担心岬的安危,所以留给我们的时间已经不多了。

"对了,你有没有过让家长帮忙做作业的经历?"

"我的家长可不会帮忙干这个。"

这样啊,那换个问法。

"你会觉得,帮忙做作业是违反规则吗?"

"但如果是暑假的最后一天,也没办法了吧。"

"我也这么觉得,"我取下泳镜,揉了揉眼睛,"明天的滚动作战,就交给你了。"

"那你呢?"

"例行公事。"
还好明天是星期六。
学校里的学生应该不多。

4

你看，果然吧。

我穿过人烟稀少的中央广场，走上铺在草地上的斜面楼梯，图书馆旁的八号楼上贴着告示，好像现在正在改建施工。四年没来，这里的变化倒是挺大。不过里面的文学部研究楼倒是和我的记忆中一样，像是处在人口密度很低地区的中学一般，一片寂静。

那间被日光照射的房间，也和过去一样。原本写着"社会学研究室 D"的牌子上，"社会"两个字被用 X 消去了，取而代之的，是用手写的"共同生活"字样。大叔明明就是搞这个专业的，却并不喜欢"社会"这两个字。他对于所有模糊不清的语言表达，都很讨厌。

我敲了敲门，没等回应便推开了门。

七月的强烈日光，照射着这间堆满资料的房间。沙发对面的一个男人站起身，慢慢推了一下眼镜。

那是如同舞台剧演员一般姿态相当端正的一位老人。说是老人，大概六十岁左右吧，因为他满头白发，所以看上去比实际年龄要更大一些。就连刮得很整洁的胡子也是白色的。他的胸前戴着一条南美格子领带，上面还有一只青蛙形状的领带夹，领带在胸前飘来晃去。他的眼神明明很温柔，但是眼眸深处，却如同玻璃珠一般。我和冰雨都有点害怕正视这个人。

他是春望大学文学部的社会学科教授,天川考四郎。

也是带领我们进入这个混乱行业的人。

"好久不见啊。"

教授脸上没有露出吃惊的样子。而我也只是回了句"您好"。

"你一点都没变呢。"

"是啊,"教授打了个呵欠,"你们应该赚了点钱吧?"

"您听说过我们的事?"

"那倒没有。买的什么车?"

"咦?"

"你坐的车,是自己买的吧?"

如果是一般人,听到这话应该已经震惊了,我却已经习惯了这种场景。我向窗外看去。从这里只能看到图书馆和施工现场。根本看不到停车场。

"你怎么知道的啊?"

"御殿场,对于我能推理出其他人的事,你不需要这么惊讶吧。"

"不要说些有的没的了。我现在就在做侦探,能不能请教一二呢?"

"是你的口袋,"教授指了指我的裤子口袋,"你现在没有拿钱包和手机。身上没有挎包,左右口袋也不是鼓起来的状态。你应该也没有把东西放在裤子后面口袋的习惯。那么,如果要放钱包和其他东西,就只能放到车里了吧。因为公交、地铁和出租车是不能放的。所以,你应该是开车来的。虽然也有租车的可能,但是来趟市区的大学,没有必要特意借车。所以你的车应该是自己买的。而你们正在经营事务所,如果已经买得起车了,应该是经营情况还不错吧。那,你买的什么车呢?"

"……PAO，日产的。"

"不错啊，是有玩心的人会买的车。这是你带来的见面礼？那我泡个茶吧。"

教授若无其事地将手伸向电水壶。我坐到沙发上，像扔车钥匙一样，将糯米饼扔到了桌子上。

教授打开看了一眼。"量还挺大的嘛。"他这样评论道。

"没事，和研究组的学生一起吃好了。"

"最近的学生怎么样？"

"一年比一年难搞了。"

"比我们还差？"

"至少你们不会上课时用平板电脑看动画片。"

他将茶杯递给我后，坐到了我的对面。而后他像折纸鹤一样，仔细地打开了糯米团的包装纸。

"好了，具体是什么案子？"

"……我还没说有案子呢。"

"你一脸为难的样子，来找我还能有什么理由呢？"

"就不能是突然想来跟恩师打个招呼吗？"

"那你就会敲门之后等一会儿。是寻人之类的工作吧？如果我能帮上忙就好了。"

我差点把嘴里的绿茶从鼻孔喷出来。

"您怎么知道的？"

"因为你会来找我，就代表着你想尽快解决这件事。所以应该不是已经发生的案件，而是正在进行中的事件。而你没有和片无一起行动，车子是你开来的。这就意味着，冰雨的工作与其开着车上上下下，步行或者坐地铁移动效率更高。而且这个案子现在正在进行中，应该是要细致地四处调查，还要争分夺秒。这样一想，应该就是找人吧。因为擅长不可能犯罪的你来找我，那应该不是这类案子。有什么人在某处消失了？"

"要是我什么都不说，您也能全部推理出来吧。"

"那可不行，我又不是侦探。哎呀，这个有点太甜了。"

最后他发表的是关于糯米饼的感想。

我长叹了口气，将事情的原委及搜查经过讲了出来。教授没有追问，而是沉迷于处理撒出来的糯米饼的粉末。等我说完，他才终于出声。

"有人在撒谎。"

虽然教授没有直说，却点出了推理的关键。

从他最初说出关键词，我便意识到了说谎的人是谁。已经没有继续听下去的必要了。所有的线索就如同多米诺骨牌一样，直接冲击贯穿了我的大脑。我靠着沙发，抬头看着天花板，天花板上那明显的裂缝，一如我学生时代曾经无数次看过的一般。

"不，可是，"我意识到自己的愚蠢后，开口问道，"现在还不知道那家伙这么做的理由是什么，这对对方有什么好处呢？"

"我不认为没有任何好处哦。"

教授啜了一口茶，却没有继续说明。

"……好吧，总算是帮上忙了。之后我会和冰雨讨论的。动机是那家伙的领域了。"

"领域啊，你们还挺有意思的。就好像是，害怕一个人解谜一样。"

我就像打发服装店的店员一样，耸了耸肩。喝完绿茶，我站起身。

"五年前的事件，还没有解开吧。"

"……那是个难以破解的事件啊。"

"可是你知道答案吧。片无也是。"

我回过头,看着教授,看着他那像是装上了超音速飞机的引擎一般,讨人厌的白发,以及那双能够看透一切的冷淡的眼睛。然而,取代回答的却是问题。

"你解开了吗?"

"成为一个好的指导者的条件是什么呢?是不要越俎代庖。那是你们的事件。应该由你们自己来解决。你和片无,还有穿地以及系切。"

"……"

"这个还是太甜了。要不你拿一半回去吧?"

最后还是关于糯米饼的感想。

一个小时后,我和冰雨在涉谷的咖啡店里会合。我们一边分享着一块上面堆积着多得惊人的奶油、本身体量也超大的薄饼,一边报告着各自的情况。冰雨那边毫无收获,我这边则有了实质性突破。当然主要还是归功于教授。还好,这已经是暑假的最后一天了。

随后冰雨接过我的工作。作为"不可解"领域的专家,他用了不到十分钟,就得出了答案。之后,冰雨做的第一件事,是给本庄真琴发了邮件。

"关于潮路同学失踪的事,你能再隐瞒一阵子吗?"

"也可以……但为什么呢?"

"我们已经知道她在哪儿了。"

5

　　高桥优花穿着和平时一样的制服出现在我们面前，坐在平时她坐的沙发上。之前在一旁等着的药子，端来了冰茶。委托人道了声谢，喝了一口，而在此期间，我们一直保持沉默。
　　"请问，有新的报告吗……"
　　"我们找到岬了。"
　　听到我这么说，优花睁大了眼睛。"真，真的吗！"她发出兴奋的声音。
　　"岬她没事吧？"
　　"没事。活蹦乱跳的呢。"
　　"那她在哪里呢？"
　　"就在我们眼前。"
　　我们和少女之间，仿佛降下了一道百叶窗，我从她那里感受到的情绪消失了。
　　我稍微倾斜着身体，盯着低下头的她的脸。
　　"终于找到你了，潮路岬。"

　　"这个还你。"
　　我将蓝色的泳镜放在她的面前。那是她落在游泳俱乐部的东西。

"这个泳镜度数很高。所以岬应该是高度近视吧。平时她会戴隐形眼镜,但是在游泳的时候,则会把隐形眼镜摘下来,戴这副有度数的泳镜。星期一练习游泳时也是这样。"

少女一言不发,只是看着玻璃杯中的浮冰。

"然而,游完泳之后,岬没有照镜子就离开了更衣室。那么问题来了。这时的岬戴了隐形眼镜,还是没有戴呢?一般来说,隐形眼镜是要对着镜子戴的。更衣室里也有镜子,在这种情况下,要戴的话一定会照镜子。更何况最近岬刚换了新型的隐形眼镜,还说眼睛有点疼。不过说起来,因为她使用的是日抛,所以只要用过一次就可以丢掉了。这是前提一。那么潮路岬就是在没有戴隐形眼镜的情况下,离开了游泳俱乐部。"

"那么,如果不戴隐形眼镜的话会怎么样呢?会戴框架眼镜吗?不,至少那天她不可能戴框架眼镜。首先,当时岬的框架眼镜落在了宿舍的桌子上。而且,监控摄像头所拍下的岬,也没有戴框架眼镜。这是前提二。也就是说,潮路岬在没有戴眼镜的情况下,离开了游泳俱乐部。根据前提一和二,可以得出结论。潮路岬,是在裸眼的状态下离开游泳俱乐部的。"

少女上移视线,盯着我,并且露出了不知该说些什么的表情。不过事已至此,已经不需要再着急解决事件了。我继续说道。

"平时,岬应该都是在游泳之后戴着框架眼镜回去的。那天她也打算戴着框架眼镜离开游泳俱乐部,就这样失踪。但是出了泳池之后,她发现自己将框架眼镜落在了宿舍里。而她手头也没有备用的隐形眼镜。所以,她只能裸眼回到宿舍取框架眼镜。"

平时徒步十分钟的路程,哪怕在裸眼的情况下,应该也没什么太大的危险。

然而，如果岬是裸眼状态，就会产生矛盾。

"高桥优花这么说过，'我正走过地下通道旁边时，岬在马路对面，冲我喊话'，从时间、地理上考虑，这毫无疑问是在岬离开游泳俱乐部之后，回宿舍之前发生的事。也就是说，是岬在裸眼的时候发生的事，对吧？可是，在傍晚时分，视力不好的人，在裸眼的状态下，真的能够看到五十米开外的熟人，并且向对方喊话吗？——这不可能吧。在那种情况下，她应该看不清楚对方。所以我们得出了第二个结论，高桥优花在撒谎。"

推理的棋子又进了一步。不过因为到这里为止，都是教授帮忙推理出来的，所以我也没有什么资格耍帅就是了。

"如果岬打招呼这件事是在撒谎，那么她的消失事件也就站不住脚了。如果你根本就不在地下通道的另一端，那么谜题一瞬间就被解开了。我的注意力，从岬转移到了你的身上，并且开始思考你的行为。"

"说起来，你虽然穿着校服，却没有背包。从我们第一次见你，到现在一直如此。明明裙子和袜子穿得很整齐，却只有针织衫的扣子是敞开的。还有你撞到我们车子那次。明明和车子接触的是腰和膝盖，但你为什么抱住了脑袋呢？就好像是为了防止假发掉下来一般。还有，你拜托侦探找岬这种程度的亲密朋友，岬周围的人却都不知道你的存在。你戴着很厚的眼镜，岬的视力也很差。岬的手机摄像头坏掉了，而你的手机摄像头也扫不了二维码。还有你昨天的发言也很怪。听到冰雨说'本庄说OK了'之后，你问他'要去宿舍吗？'，为什么你会知道岬的舍友的名字呢？还有，岬很擅长化妆。"

只要戴上假发，戴上眼镜，再画粗眉毛，就能改变一个人给人的印象。

"要证据的话，打个电话就行了。只要问问米凯尔女校有没有高桥优花这个人就好了。"

人，是不会消失的。

当然，也不会突然出现。

如果以上两点同时发生，那么答案只有一个，就是——

"高桥优花和潮路岬是同一个人。这样一来，就无需说明在地下通道发生的事了。你只是正常地走了过去。因为根本就没有一个叫高桥优花的人等在另一边。"

咔啦。冰块的声音响了起来。

优花——应该说是潮路岬，将手伸到她那油亮的长发上。然后扯掉了假发，露出了我们见过的照片上的短发。

"这是哪里买的啊？唐吉诃德吗[①]？"

"网上买的……制服也是。只有这件针织背心，尺寸不太合适。"

"你这身变装很成功。名字也取得不错。高桥是个很常见的姓氏，优花也是你们这个年纪里面出现频率很高的名字。"

"对不起！"

虽然本来准备说她一顿，但岬却用快要哭起来的样子道歉。

"我并不是想要恶作剧的。可是我……"

"我们已经知道你的动机了。"

"是我发现的。"

从这里开始就轮到冰雨出场了。我的搭档调整了一下姿势，推了推眼镜。

[①] 日本一家连锁百货公司。

"失踪者本人化身为他人，找到侦探，委托对方寻找自己——虽然也有可能是单纯地为了引发骚动，但是你的室友却说，你曾经预告过自己的失踪，并且会定期给父母回消息。同时你告诉我们'不想把事闹大'。所以应该不只是引发骚动这么简单。那么，我们再回顾一下你的行动吧。你特意来到这里，还听取了我们的进展报告。特别问了我们'平时岬是什么样的'这个问题。"

当冰雨告诉她答案时，她露出了迷惑的表情。而后说了"谁都不知道"。

"你应该是想要知道别人是怎么看你的吧，所以才暂时隐瞒了身份，如果委托侦探调查自己，一定就能知道周围其他人对自己的真实评价了。所以你才会消失，而作为别人出现。没错吧？"

少女没有马上回答，而是紧握着手中的黑色假发。拿下来才发现，这顶假发的毛发与普通头发并不一样，看起来甚至有些像一团黑色的怪物。杯子上的冰气凝结成的水，滴落到桌面上。

"我时常会感到不安，"岬自言自语起来，"在学校和其他人说话时，在宿舍吃晚饭时，我想要融入大家的圈子，却好像没人能看到我。所以我产生了一种想要消失的心情。我无法忍受这种恐惧，无论如何，也想知道大家的真实想法，所以便策划了这件事。可是你们不会接受没有事件的委托，所以我就制造了失踪事件。而且御殿场先生只对不可能犯罪感兴趣……"

"不是吧。难道说那个从地下通道消失的事其实是？"

"如果这样，就变成不可能犯罪了吧。当时我在那一瞬间想到了这个。"

都是因为我的胡言乱语才引发了这样的事态吗……可是，也正是她这临时起意的谎言，成了整个事件的突破口，也可以说是因果循环吧。

"最开始的时候，我还是有一些期待的。大家是怎么看待我的呢？大家会从各种不同的角度来说吧。不管是好的评价还是坏的评价，都能听到很多吧。可是……"

所有人都说她"普通"。岬没有给任何人留下印象。

对于想要证明自己存在感的少女来说，这是最残酷的结果。

"真的是给你们添麻烦了，"岬将手搭在桌子上，低下头说，"已经足够了。我已经把酒店退了准备回家。原本也是打算下周就回去的。钱也花得差不多了……啊，不过我会付调查费的。"

"不用了。"

"可，可是。"

"都说不用了。从失踪者本人那里拿调查费，实在是太蠢了。"

"等等。还请付给我们调查中使用的经费，一万两千元。"

"好，好的……请问是做什么用的？"

"买了一箱糯米饼。"

"……"

岬歪了歪头，还是付了钱。而后她低下头，像是逃跑一般从沙发上站起身离开。

我一边揉着卷毛，一边晃着二郎腿。岬离开房间的瞬间，我对她说了一声："对了。"

"没有人认真地关注过你。这的确是事实。可是，你也没有努力让周围的人注意到自己吧。你总是拼命地不和其他人深交，所以才没有给任何人留下印象，对吗？大家都说你平时不怎么和其他人说话。"

"我，"回过头来的岬，眼睛湿润了，"我本来就不是像御殿场先生那样能够自在生活的人。"

"别看我这样，其实我也挺在意周围人的眼光的。"

我下意识地用手抓了下脖子。"说起来，"冰雨大声说道，"我有件事忘了报告。那就是，我们对潮路岬的评价。"

"……"

"岬小姐是个可怜，心思纤细，尽管如此却仍然勇敢的人。有礼貌，会撒谎，脑子还转得很快。"

"是个很能给别人添麻烦的大怪人。我们可是一辈子都不会忘记的。"

岬好一会儿才张开嘴。

她的嘴微微动了动，最后变成了无奈的微笑。那是和我们在照片上看到的那种做作微笑截然不同的笑容。她没有说话，再次转过身去，在我们面前消失了。

药子脱下围裙，追了出去。

《贞子VS伽椰子》的打折券还在有效期内，我们准备去六本木的电影院看。

我们打开PAO蓝色的车门坐了进去，我坐助手席，冰雨则坐驾驶席。到周日之前我们都不会互换。

"真是个古怪的事件啊。"

"那家伙还会再来我们这里吧。她好像和药子交上朋友了。这雨下得还挺大。"

"我倒是想去淋淋雨……不过，我大概也能理解，想要知道周围人是怎么看待自己的心情。"

"你也这么俗气吗?"

"不是这个意思啦。"

冰雨检查了两次安全带后,又用手微调了好几次后视镜的位置。我看着他这小市民一样的举动,突然想到——

我们彼此又了解多少对方的事呢?

片无冰雨。二十八岁。五月十五日出生。擅长破解不可解谜题。为人认真,爱操心,又很天真无邪。喜欢奇异果,讨厌秋刀鱼。虽然表面上看不出,却喜欢锻炼身体。喜欢狗狗,爬山,竹笋,爱穿运动短裤。如果洗发水或者牛奶没有了会很生气。生气的时候很恐怖。要说有什么爱好的话,就是制作新闻剪报。喜欢的作家是榆周平,喜欢的艺人是恋爱女孩组合。喜欢的歌手是——算了,这实在是太无聊了,还是别想了。

"对了。如果我突然不见了。然后有侦探跑来你这边调查,向你打听,平时我是个什么样的人,你会怎么回答?"

"为什么是其他侦探来调查啊?"冰雨专注地看着后视镜,马上回答道,"如果你不见了,我一定会马上去找你的。"

"……这,这样啊。"

我从助手席伸出头,冰雨发动了车子。

颇有年代的车子引擎,发出了令人不快的声音。

最愚蠢的溺死者

1

罗宾在地上来回爬动着。

不巧,客厅非常整洁,看来今天没有它的早餐了。罗宾是个扫地机器人。虽然已经来我家半年了,但有时还是会不小心吸入要洗的衣服,或者是忘了换滤盒,我也还没有习惯和它在一起的生活。不过,我觉得我们的关系已经变得不错了。我一边小心不要踩到它,一边走进客厅。

我将厚厚的黄油涂上四片装的切片面包,并放入烤箱设定时间和温度。这个阶段的关键步骤,是在面包上切出划痕。这样可以让溶化的黄油渗透到面包中。然后我打蛋放入煎锅,再加入砂糖,制作一块甜味的煎蛋,将它盛进盘中,从冰箱中取出昨天剩的沙拉,再拿一瓶四百毫升的养乐多。我长期订购养乐多,所以商家每周都会来送一次。我一边吸着养乐多,一边走到沙发旁,眯起眼睛,看着窗外的阳光。

应该是个心情不错的早晨。

虽然客户的电话比预想的要晚一些,不过应该不用担心。至少我已经根据客户的委托,提供了一个理想的计划。只要没有不测,应该能够顺利进行。这次的委托相当独特,我还挺想试试的。

罗宾碰到了我的脚,改变了方向。我哼起了歌,是一首有些粗犷的中板摇滚歌曲。

"哼——哼——哼，哼哼——"

我哼的，是廉价诡计乐队的 *ELO Kiddies*。这是收录在他们出道专辑中的一首歌。也算是他们的原点。不知道为什么，最近这首歌总是在我的脑中挥之不去。其实 *Hello There* 的调子更加舒畅，旋律也是我更喜欢的类型，但我却不能停止在脑中循环这首歌。

特别是歌中的某一部分，一直在我的脑中循环播放。

那是第二段 B 旋律之后的部分。在曲子的最后也重复过的四乐句。

"一直逃亡着的犯罪者，终于迎来了最后时限"一类的内容。

现在，我正平稳地生活着。我坐在沙发上，和罗宾玩闹。每天喝一瓶养乐多。可是，我这种被什么所追赶的感觉，却日复一日地在变强。追赶我的，并不是某个人，而是过去和某些已经被我抛诸脑后的东西。从那件事之后已经过了五年，我们已经各自生活。但是现在差不多又要回到原点了。

我口袋中的手机振动了。

没有必要确认是谁打来的。我会为每次的工作准备一部新手机，用完即弃，而电话号码也只会告诉客户。现在这部手机也会在这周之内被我扔进垃圾箱。现在家里已经没有备用手机了，得去秋叶原买部新的了。我一边这样想着，一边接起了电话。

"喂。"

"喂，是系切先生吗？"不知道是否因为兴奋，对方的声音听起来有些喘不上来气，"一切进行顺利。"

"那就好。"

叮，烤箱响了。

* * *

地上有一只黑色的青虫正在蠕动旋转着。

我戴上眼镜,仔细看了一下。原来是倒理。他一副濒死小狗一样的表情,一边向右爬着,嘴里一边喊着"啊——",一会儿又喊着"呜——"向左转了下,发出一些不成样的声音。有时转到太阳光照射的地方,还会发出"哦哦"的大叫,然后马上机敏地折回阴凉处。而纱窗另一边的蝉,也在附和着喧哗。电风扇转动着,风铃笑着。

"这里是侦探事务所的接待室,我们应该是侦探才对吧。"

"噢奇拉。"

"你能再说一次吗?我拿谷歌给你翻译一下。"

"足麦夫。"

"看来根本没办法跟你交流啊。"

"好热啊。实在是太热了。"

一只手端着凉茶的药子走了进来。现在已经顾不上上班要穿制服的规章制度了。她穿着T恤和短裤,我也把衬衫袖子卷到了手肘处。我的汗水已经把衣服后背湿了个透,刘海也贴在额头上。

三天前,我们的空调坏了。

修理工要后天才能来。

"已经很热了,你还在这里爬来爬去的只会更热。至少坐到椅子上吧。"

"摸叽摸叽。"

他像是一条要逃跑般蠕动着的青虫。还有无视我们的存在,扯着T恤扇风的药子……不行,大家都变得奇怪起来了。

"虽然才刚过中午,不过今天要不还是关门吧?"

"哈豆米豆。"

"他说什么?"

"反正也不会有委托人来吧。"

"雷巴拉。"

"想喝麦茶自己去倒。"

"为什么你们还能对话?"

比谷歌翻译更加优秀的工读生倒在了沙发上。她一边咯吱咯吱地吃着冰棒,一边又因为冰棒没有中奖而大失所望。

"要不去游泳吧!"

"啊,不错啊。大家一起……"

我正准备说出"一起去"的时候,停下了。

倒理今天也穿着高领衫。是脖子那里看着就让人发热的冬装。

"……还是算了。感觉人会很多。"

"哇哈哈。"

"你笑什么啊。"

我踢了一下这只青虫的屁股。

这时,敲门声响了起来。

咚、咚咚、咚——我们的玄关没有安装对讲机或者门铃一类的东西,这是为了通过敲门声来推理来访者的状态。可是从业五年以来,我们已经基本记住了常来之人的敲门声。这个声音大概率是送快递的。

我打量了一眼房间。现在可能去开门的人……一个也没有。好吧,还是我去。

我走出玄关开门。果然和我想的一样,是我认识的快递员。

"好热啊。"

"是啊。"

这可能是今天日本境内发生的最多的对话内容了。我一边这样说着,一边接过了小包裹。哎呀,寄件人栏是空白。

物品名称那一栏写的是"夏天的打气问候品"。

"……是 TOKIO 的队长寄来的呢。"①

"是你认识的人?"

"你看我像认识的样子吗?"

"看不出来。"

这番莫名其妙的对话之后,我关上了门。我从走廊回到客厅,手里拆着包裹。

里面并不是色拉油,而是一本书。

这是一本我虽然没有读过但知道的书。这本书在书店里被堆放在显眼的位置,电视上也介绍过。

是出光公辉写的《垃圾社会生存指南》。书的封面上印着一个穿高级西装的男人,正做出挥拳的动作。他留着一头剃掉了鬓角的具有层次感的短发,一脸自信。书腰上写着"引发话题""SIMU LIFE 社长所写的商业书 最终版"一类的字样。

"谁买了出光公辉的书啊?"

"出光?啊,就是最近经常上电视的那个。"

"不知道啊,我没买。"

药子正说着,倒理便不耐烦地打断。现在倒是终于会说人话了。

出光公辉,是个最近很火的 IT 公司社长。他从一家小型风投公司起家,几年前开设了一家叫作"SIMU LIFE"的网络购

---

① "夏天的打气问候品"是由日本 TOKIO 乐队队长城岛茂出演的一则色拉油广告片。

物平台，一下子火了起来。很快就成长为年营业额数百亿的公司。他奢华的生活方式，直言不讳的说话风格，以及精悍的外貌，使他最近成了综艺节目和社会谈话节目的常客。而受此影响，他也成了备受创业者和学生们推崇的高人气商业明星。上个月出版的这本书，现在已经卖掉了几十万本。

……可是这本书，为什么会在这里？

总不会是TOKIO的队长发现我们事务所经营困难，送我们本书来助阵吧。我哗啦啦地翻着书页，发现一张纸落到了地上。那是一张折起来的打印纸。

我展开纸张，上面印着几句简短的英文。

Ooh you think you're Jesus Christ
You walk on water but don't bet your life
All you walk is a fine line
It's such a strange strain on you

"……这是什么？"

这时手机铃声响了起来。

是个很少来电的号码，是穿地。我将如同蜕皮的蝉一般膨胀的预感和脸上的汗水一同抹去。而后将书和纸放到桌子上，接起了电话。

"哟穿地，今天真热啊。"

"我有事要和你们商量。"

还是和以前一样直接。看来她并不想闲聊。

"可是今天我们临时休息。"

"我不想听你们的借口。"

"我就知道你会这么说。"

"你知道出光公辉吗?"

"写《垃圾社会生存指南》的?"

"他自己都活不下来了,"女刑警无情地告知,"昨天晚上死了,在中目黑的一家会员制俱乐部的泳池里。"

我低头看了一眼桌子上的纸。

"啊……还有,这会不会跟美影有关?"

听到这个名字时,我视线一角中的倒理也扭过了头。穿地的反应很平淡。

"系切?不,这次大概没有关系吧。出光恐怕是因为事故而死的。"

"事故……那为什么要找我们商量?"

"怎么说呢?是因为死的方式。"

她难得地有些犹豫,随后继续说道:

"他的死法,实在是太愚蠢了。"

2

这家所谓的会员制泳池，让我想起了上个月那起发生在游泳俱乐部的相关事件。不过两个案子倒是完全不同。

首先，案发地点位于中目黑大厦的最上层。泳池的名字叫"La Esekuta"。倒理哼了一声。

从一楼到泳池有直达电梯，使用电梯按键时，需要视网膜认证。倒理再次哼了一声。

说起来，今天店家倒是把认证给关了。我们乘上电梯，通往最上层。出了电梯是更衣室并列排布的大厅。穿过那里，打开雾化玻璃的大门。

倒理再次哼了一声。

如果是三流小说家，应该会用"都市中的绿洲"来形容这里吧。这里的休息区十分宽敞。高高的天花板上画着蓝天。左手边的墙壁使用了一整面玻璃，能从这里看到目黑品川的层层树木。椰树盆栽和让人舒服得想睡觉的躺椅也随处可见。右手边是一块小型吧台区域。里面放置着大量酒瓶。中间则是泳池。泳池呈葫芦状，水深和容积都和小学里的二十五米泳池差不多。水面上还有之前顾客玩耍时留下的东西，像是游泳圈和沙滩球，还有一个大大的鸭子形状的橡皮船浮在水面上。

站在泳池边上的，并不是穿着泳衣的名流们，而是一群穿着

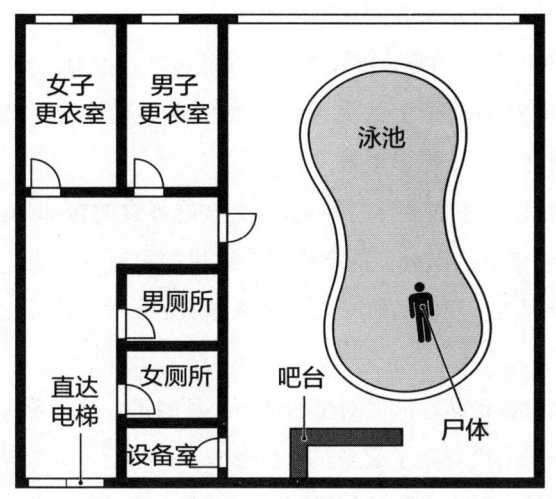

西装的男人。不,失敬,其中也有一个女人。那是把上衣搭在胳膊上,戴着眼镜正抽烟的女性。

她一边向这边走来,还一边继续抽着烟。

"哟,穿地,"倒理抬起手来,"这泳池还挺厉害的。"

"你要是听了这里的年会费会更加震惊。肯定比你们的年收入还高。"

"是我们两个人加起来的?"

"一个人吧。"

"那我也确实没法反驳。"

"对了,出光先生是在哪里出事的?"我问道。

穿地又从香烟盒里抽出一支香烟,指着泳池的水面说。

"接下来我来说明。就像你们看到的,这是一个面向社会上流人士的休闲泳池。会员人数不多,出光公辉就是其中之一。这里的出入口只有那部直达电梯,通过视网膜认证的会员才可以二十四小时随意出入。会员也可以把这里作为社交沙龙来使用,还可以借用这里来举办派对招待朋友。"

"派对啊……的确,现在流行在夜间泳池开派对。"

"在美女的肚子上放上香烟然后用鼻子直接吸,"倒理说,"《社交网络》那个电影里看过。"

"要我说还不如放苏打粉呢,"喜欢吃零食的警部补插嘴道,"对了。除了会员以外,能自由出入这里的只有一个人。是这座大楼的管理员。尸体的第一发现者就是那名女性。小坪,你把她带过来。"

穿地对着正站在泳池对岸的部下小坪喊道。他带着那标志性的啪嗒啪嗒的声音跑了起来,随后带来了一个脸上有颗显眼黑痣的中年女性。对方自称"矢泽"。

"我住在这里的一楼,是受雇来管理泳池的。我会在每天晚上和零点的时候来回查看一下。昨天也是这个时间,这里什么人都没有,更衣室里也是空的。但是,泳池却有点不太对劲……"

"不太对劲?"

当时不知该如何是好的矢泽,给负责人向居打了个视频电话,并且依照对方的指令行事。现在手机里还留着当时的视频,可以给我们看。

突然,矢泽的大脸就出现在了手机画面上。她的脸上充满担忧的神色,表情甚至有些扭曲。另一边则出现了通话对象的男性,不过显然对方也很困惑。

"怎么了,这个时间打电话?"

"啊,向居先生?现在我在泳池这边,这个……"

两个人的对话还在继续,画面却转了个方向。画面是从和现在我们站的位置差不多的地方能够看到的场景。没有人影的泳池边,玻璃窗外是中目黑的夜景,还有葫芦形的泳池。

然而，在泳池里，却并没有水。本来应该是一米五高的泳池水位，现在下降到只有两三公分。可以说是几乎变成了空的。泳池底部就像是退了潮的海边一样，散落着游泳圈和橡皮船。

"这是怎么回事？"

"这是怎么回事？"倒理和负责人异口同声道，"为什么水被放光了？"

"不，不是我弄的。我来检查时发现就已经这样了。"

"看看操作板的模式，确认一下。"

摄像头再次调转方向，投向了房屋的一角。矢泽的手打开了写着"设备室"的门。里面是个衣柜大小的房间，堆满了打气筒、刮水刷、水管，抹布和篮子等杂物。洗脸台的旁边放着一个触摸表盘，上面有注水、排水等操作标识。现在亮着的正是"排水"标识。

"啊，果然！"负责人发出惨叫，"是谁弄的啊？今天泳池应该是借给见池先生了吧？"

"可那时候一切正常啊……而且见池先生下午四点左右就回去了，之后有人进来过吗？"

"见池是这里的一个会员，是游戏公司的老板。"

穿地补充道，视频画面里又响起了负责人慌乱的声音。

"这样很麻烦。赶紧把水注满。"

"可是这样要多花不少水费啊。"

"现在也没别的办法了。"

矢泽的手操作着触摸屏，将模式调整为"注水"。而后摄像画面离开了设备间。从视力可见的范围，泳池并没有发生变化，不过倒是能够听到咕噜咕噜的注水声。

"大概要花八个小时吧……从现在开始注水，注满要早上了。"

明天八点再确认吧。到时候再联络。"

"嗯……好，好的。"

伴随管理员不满的声音，视频影像结束了。

"这个操作盘，是谁都可以操作的吗？"

倒理问道，矢泽露出了有些丧气的样子。

"是的。设备间也没有上锁。我们没想到会有人来动这些东西……"

先不说普通市民光顾的泳池，很难想象这种高级场所的会员会去开设备间。

"我又检查了一下就回去了，还在电梯的门上贴了'禁止使用泳池'的纸条。今天早上，我八点过来确认水有没有注满。然而……"

"顺带一提。"

穿地取出照片。照片上拍摄的正是这个泳池。那是在满水状态下，反射着朝阳的水面。水面上漂浮着游泳圈和黄色的鸭子。

而在泳池的底部，则沉着一个穿着泳衣的男人。

此时他已经完全失去了书上的那副神气劲儿，一张松弛的脸朝着天花板。我确认着他额头上的伤口。

"根据尸检结果，死因是溺水，"小坪翻动着笔记说道，"死亡推定时间是昨天晚上十点到今天早上两点之间。因为昨天晚上零点时，矢泽来检查过泳池，所以可以把时间缩至零点到两点之间。他的额头上有伤，还有发生过脑震荡的迹象。进入肺部的水量很少，所以应该是在溺死前就昏厥了。对了，他死前应该喝了不少酒……"

"出光现在一个人住在附近，昨天晚上十点之后，他从公司下班回家。之后的去向不明。虽然他的衣服留在更衣室，不过还没有更多的有力证据。"

"还有一点……发现时死者的皮肤状态，应该是死后在水中浸泡过八小时左右。"

"八小时？"我下意识地反问，"就是说，发现时间是早上八点，水池开始注水是凌晨零点。那这八个小时的浸泡时间就是……"

"从刚开始注水时，他就溺死在了水位非常低的泳池里。"

"唯一说得通的解释是，"穿地总结道，"在矢泽检查完离开后不久，出光公辉来这里游泳。因为他喝醉了所以没有看到贴着的纸条。也没有注意到游泳里没有水的状态。他就这样飞跃进了没有水的泳池，撞到头部而昏了过去。之后水位渐渐上升而溺死在水里。如果是倒在泳池底部，那么哪怕水位很低也会溺死。"

"……"

我回头看着雾化玻璃门，想象着当时的场景。深夜，一个喝得烂醉晃晃悠悠的男人。他一边哼着歌一边换上泳衣，站在泳池边。他像运动员一样伸展着背部，两手伸展，尽情地向着没有水的泳池跳了下去——

"像是漫画里的死法呢。"

倒理用一句话总结道。穿地继续咬着她的可可香烟糖。

"问题在于，真的有可能吗？你不是对于这种事情很在行吗？我想听听你的意见。"

"我在行哪种事？"

"就是这种蠢得要死的事。"

"你就不能好好说话吗？"倒理一边抱怨一边思考起来，"有监控录像吗？"

"从直梯到泳池这里没有。"

"因为觉得设置了视网膜认证系统已经够了吧,"矢泽说,"而且因为会员中有艺人,所以不太想被摄像头拍到……"

"出光真的是一个人在这里吗?会不会是被其他会员打昏过去的?"

"我们也考虑了这种可能性,但排除了。除了出光以外,这里一共还有六个会员。其中有三个现在在国外,剩下三个人昨天凌点到两点之间,都有不在场证明。"

"那会员以外的人呢?刚才不是说可以招待朋友么?"

"外部人员可以跟随会员一起进入。但是,要通过直梯回到一楼仍然需要视网膜认证——也就是说离开泳池时也需要会员陪同。哪怕出光可以带其他人进来,对方也无法离开。"

"把被打晕的出光运到电梯那里进行认证呢?"

"电梯三十秒没有操作就会自动关门。在这么短的时间内,无法将出光运回泳池,凶手再自己回到电梯。用纸箱一类的东西夹住电梯也不行。如果电梯被什么东西夹住了,就会发送警报到管理员的手机上。"

"那个管理员有没有可能就是凶手呢?你也登陆了视网膜认证吧?"

"这,这怎么可能?"

矢泽发出了悲痛的声音。然而,小坪摇了摇头。

"她的房间前装有摄像头。昨天晚上的行动都被拍了下来。她从房间出来是零点时分前来检查的时候。零点八分回到房间。她在泳池这边的行动,基本在她自己手机的视频里都记录下来了,所以行凶的可能性……"

"嗯——"倒理用手抓着头上的卷毛,来回扯动着,"那么意外事故或者自杀呢?"

"不，我想搞不好是被杀的。"

我这时的小声嘀咕，甚至应该不会传到泳池的水面上。然而倒理和穿地敏锐地产生了反应，看向我这边。这大概是出于某种直觉吧。我有些迷惑地将那张纸取出来递给他们。

那是廉价诡计乐队的 *DOWNED* 这首歌中的一段。翻译过来大意是这样的。

    曾经认为自己就是上帝
    在水上行走　却未曾赌上性命
    你一直都在走钢索
    一股不可思议的紧张感　向你袭来

对这个以极度愚蠢的方式，昏倒之后溺死的明星企业家来说，这可是无比讽刺的歌词。穿地嘴中咬着的那根可可香烟糖，正上下地抖动着。

"这是哪儿来的？"

"快递送到我们那儿的。和出光公辉的书一起，应该不是偶然吧？"

穿地面无表情地抱起胳膊。

"如果是跟那个人有关，这就是一起伪装成事故的杀人事件了。"

"可，可是穿地姐，应该没人有条件杀死出光啊。"

"也就是说，"倒理说，"这是不可能犯罪。"

"又或者，"我说，"是什么人故意伪装成事故的诡计。"

专业的事还是要专业的人来做。不可能犯罪和不可解事件还是需要我们出马。警部补的判断是正确的。

我再一次看向泳池。水面正被八月的阳光映照得闪闪发光。那水清澈得仿佛根本就不曾有尸体浸泡其中一般。

不知为何，我回忆起了美影的笑容。

3

系切美影。

人送外号廉价诡计。他专门为那些违反社会规则的人提供不会受到审判的方法。用犯罪策划师来形容他似乎不太合适,他本人大概也不会喜欢这个称呼吧。他思考出的诡计,往往廉价而又简单。今年二十七岁,下个月应该就二十八了。他留着长发,平时笑眯眯的,还有点洁癖。

至于我为什么会这么清楚他的事,因为他是我大学时代同一个研究小组的同学。

在我们进入这乱七八糟的侦探行业的同时,他也选择了一条微妙的道路。我们的职业算是针锋相对,但正因如此,我们才经常能够碰上他。像是最近的"花轮组"干部窗边射杀案,"新党日进"政治家在众人环视下被毒杀案等,都和他有关。和美影相关的案件,我解决起来都感觉不畅快。每次的案子都很难,穿地也会十分紧张,我们也总会回想起过去的事。就像是要从包包底下翻出缠得乱成一团的耳机一样,让人感觉很不舒服。

可是,工作总归是工作。

"总而言之,先去见见那三个有不在场证明的人吧。"

我们一边等着信号灯,倒理一边说道。这周轮到他开车了。

我打开从小坪那里借来的名单,一个一个读出嫌疑人名字。每一个都是报纸电视上经常出现的名字。

"玉越蕾亚,杂志模特。桥爪勇气,电影制作人。见池初男,游戏公司'迅速娱乐'社长。"

"从哪个先开始都行。就先从玉越蕾亚开始吧。"

"从哪个先开始都行。就先从玉越蕾亚开始吧。"

我们马上就决定了。

"哎呀,您比杂志上的照片还漂亮。"

"这种话就不必说了。"

对方直接打断了我们的溢美之辞。我们现在正在自由之丘的摄影工作室中。在这位休息的人气模特周围,发型师和经纪人,正像卫星一样围着她团团转。

"要当模特,漂亮也是理所当然的。就好像侦探们被人夸'聪明'时,也不会高兴吧。"

"我还是会高兴的。"

"因为平时并不会有人这么说啦……"

对方漠然地抿起了嘴。她好像有四分之一的北欧血统,鼻梁高挺,让她的美貌如同画作一般。为了拍照而穿戴的小恶魔般的装扮,更突显了她的雪白皮肤……不,现在不是关心这个的时候。

"我们想知道'La Esekuta'的事。你认识出光先生吗?"

"在泳池碰上的时候说过几句话,不过和他并不怎么熟。我不怎么擅长应付他那种对所有事都有强烈欲望的人。"看来她是个直爽随性的人,"说起来我大概有两周都没去泳池那边了。最近去国外拍外景了。"

"昨天你在哪里干什么？"

"昨天休息了半天。白天和朋友一起吃了午饭。晚上六点有一场摄影工作，不过马上就结束了，回去时大概八点。从零点到天亮，我一直在涉谷的一家二十四小时健身房。"

"你在那种地方通宵？"

"我是模特嘛。来'La Esekuta'这边有一半也是为了塑形。"

我凝视着她迷你短裙下伸出的双腿。已经够细了吧。可是如果这么说的话，对方也一定会说"因为我是模特嘛"。

"昨天你没去泳池？"

"我一直在中目黑附近……不过没有去那边。通过会员专属的LINE得知，见池先生从早上开始就要借用那里。这种时候，其他会员都会有意避开不用的。"

"但是出光去了。"

"那有人不知道避嫌嘛。"

"蕾亚小姐可以开始了。"摄影师的声音响起。灯光师在一块模仿成公园的布景前，将灯光打在无人的椅子上。

蕾亚从椅子上站起身。她比我们还要高。

"我啊，准备把会员退掉了。"

"塑形结束了？"

"那倒还没有。可是出光不是死在泳池底下了嘛。感觉怪吓人的，我不想去游泳了。"

她转过身子，回到了那个光的世界。

"嗯没错。所以如果重新调整过日程表了，剩下的就只需要搞定事务所那边了。一天？不，半天就行。嗯。哎呀不管怎么说还是得早点找摄影导演。嗯。对对。那个就交给白组先生吧。好的，那就拜托了。好的，再见。"

桥爪勇气挂断电话，再次面对我们。他有一头挑染的茶发，戴着一副圆眼镜，穿着一件像是量贩店买的格子衬衫。完全看不出已经四十多岁，反而一身学生气。

"不好意思，现在我们的电影制作正渐入佳境呢。"

"我们才是不好意思，百忙之中打扰了。"

"您接下来要拍什么电影啊？"

"一部叫《纯爱》的电影。是由王路先生和小彩主演的。是只能拥有七天记忆的一对恋人的故事。他们失去了双腿，得了不治之症，在这种情况下失去意识，最后在雪山遇难的感人的巨制之作。"

"还真是一对命运多舛的恋人啊。"

"绝对能大卖的。因为是王路和小彩演的啊。"

桥爪露出了天真的笑容。也不知道没有双腿又失去意识的人，是怎么能在雪山遇难的？

"对了，刚才说什么来着。哦哦对了，是出光先生。哎呀真是惊人。上周我才在泳池见过他。"

"他有没有和其他会员发生过争执一类的？"

"这，我就没注意了……我挺喜欢这个人的。他令人感觉挺愉快的，就像电视上见的一样。"

"你昨天在哪里干什么？"

"我昨天白天一直在睡觉。我啊，是夜行动物。一般是从傍晚开始工作。晚上回来的时候已经是凌晨三点多了。"

我打量着他的工作场所。这是涉谷的一间大楼三层的房间。

其他职员的房间都在走廊被隔断了。所以应该看不到是否有人外出……

"你没去过外面吗？"

"没有。昨天啊，饭也是叫的外卖。我之前和刑警说过了，这个大楼里的人员出入全部是有记录的。"

桥爪拍了拍挂在胸前的那张钥匙卡。而后稍有不满地说道：

"问我干了什么？他不是出事故死的吗？"

"我们姑且先问问。"

"嗯……如果他是被杀的那倒好了。"

听到了预想之外的发言，正盯着架子上的模型的倒理回过头。

"为什么？"

"这样就能拍电影了，"桥爪平静地回答，"夭折的IT企业家传记。关于他的死亡真相……怎么样，会火吧？不过，他不是喝醉了溺死的吗？这样就变成喜剧片了。果然还得是杀人才有梗。"

"你觉得谁是凶手能火？"

"侦探是凶手吧。"

"原来如此，不错的思路。"

倒理笑眯眯地说道。我叹了口气。

"可是用这种反转梗的片子不是已经很多了嘛。"

"就是因为这是最容易火的，所以才多啊。电影就是这样的。"

这时又有电话进来了。干练的制作人结束了和我们的面谈。

桌子上正摆着那个叫作《纯爱》的电影剧本，但上面连一张便签，一处折痕也没有。

* * *

"迅速娱乐",是一家从去年开始主打VR设备而快速崛起的企业。在公司大楼的前面,正摆着那个名为"ARUGO"的商品宣传板。

我们找到见池初男也正是在这块ARUGO宣传牌的下面,他当时正准备乘坐公司用车,看来是准备外出吧。我们申请打扰他五分钟,两人准备进入车里和他交谈。社长则面露难色。

"这里面实在太狭窄了,你们只进来一个人行吗?"

"不行啊。我们两个是一组的。"

"你们那边下去一个人也行吧。反正浪费时间只会耽误你后面的行程。"

"……秋山,你下去一下。"

他的女秘书走下车子,换成我坐在社长旁边,倒理坐进了助手席。见池放下平板电脑,警惕地扶了一下眼镜。他看上去四十多岁,头发打理得很有型,是个脸型较长的男人。

"是为了出光的事来的吗?今天早上我都和警察说了。"

"不好意思又来打扰了。听说你昨天借用了泳池。"

"因为是休息日嘛,所以就招待朋友来玩了。不过我们傍晚时就解散了。喂,别随便乱碰。"

正在摆弄仪表板显示屏的倒理举起了双手。

"你也随便乱碰了吧?设备间的那个触摸板。"

"触摸板?"

"就是泳池的操作盘。那个泳池,注水和排水都需要花八小时左右。你们是下午四点散场的,而泳池的水是在零点被放空的。从时间上考虑,应该就是你们结束的那个时间段,有人去放了水。"

"我可没有特意去设备间,"他像是被人戳了痛处一般,"也搞不好是一起来的朋友不小心弄的吧……不，应该不会，也没人带孩子啊。总之，如果是其他人弄的，可不能让我负责。"

"解散后你去哪儿了？"

"我回家了。直到早上都没出过门。我老婆孩子都能作证。"

"你有孩子啊，"倒理说，"那没带去泳池玩吗？"

"她今年升高中，要准备考试，哪有时间玩。"

明明你这个当爸爸的还在玩呢。这大概就是普通人无法理解的上流社会吧。

"你觉得出光是个什么样的人？有没有和其他会员起过争执？"

"这就不知道了。听说他好像想接近蕾亚小姐，对方还挺困扰的。我和出光只有商务层面的接触，怎么，你们觉得他是被人杀害的？"

"我们正在调查各种可能性。"

"怎么想都是事故吧，别再浪费时间了。"见池有些不屑地说道，他看了一眼手表，"你们差不多该下去了吧。我要去开会讨论次世代游戏机了。"

虽然还没到五分钟，不过就先这样吧。我打开车门，把座位让给秘书。巨大的VR设备宣传板的影子投射在我们身上。我回头向社长问道：

"次世代游戏机是什么样的呢？"

"是将ARUGO小型化的产物，"见池已经没有在看我们这边了，"世界是不停运动的。"

随后，车子离开，留下我们两个。

回到泳池时，已经快到傍晚了，警察们也已经收工了。

看了一会酒吧架子上的酒的品类之后，我打开了设备间。洗脸台上放着水管和刷子,里面则是那个触摸面板……就像视频里看到的一样,是个堆放杂物的小房间。

"这个打气筒看着挺不错的,想要啊。"

倒理兴致满满地说道,如同在逛家居市场一般。"La Esekuta"的打气筒,并不是常见的踩踏式,而是交换式的气瓶,只要按一下就能注入空气。我看了一眼这些统一成银色的设备,确实很方便啊。

"就算给我们一个,也没有用的地方啊。"

"总比客厅那个鹿有用点吧。"

"可那个不也是你买的吗?"

"我们没有自行车吗?放在后院那个是什么?"

"那个坏掉了。顺带一提,弄坏的人也是你。"

"这就是侦探就是凶手的梗吧。"

好好好,我将话题带回案件本身。

"仔细想想……有没有可能,是会员中的某人,和一个外部人员共同作案呢?"

"共同作案?"

"穿地说,'行凶之后无法离开,所以凶手不是外部人员'。那么,如果凶手杀害出光之后,这个外部人员一直在泳池等着,早上会员来把他接出去呢。"

来的时候和出光同行,走的时候是和其他会员一起——会不会是这样呢?虽然我觉得这个思路很单纯明快,但并没有得到倒理的同意。

"你忘了一件重要的事。凶手是向美影下单要的诡计,如果有共犯,或者用你刚才说的方法,只要互相做不在场证明就行了,任谁都能轻易想到。又何必要去拜托美影呢?"

"……那，不可能犯罪专家的意见是？"

倒理没有马上回答，而是走向泳池的方向。他将手伸向水面上漂浮着的鸭子橡皮船，拉到身前乘势坐了上去，伸出腿趴在蒲公英色的鸭背上。

"你在干什么？"

"总觉得有点累了呢。"

早上睡了好久回笼觉还没睡够吗？不过确实，我也有点累了。我们平时都是不怎么说话的人，一下子去找了这么多人面谈，确实有点累。

一时兴致所至，我也乘上了小船。这个小船能够容纳三到四人，哪怕倒理趴在上面也还有空间。我烦恼了一会儿要采取什么姿势，最后曲着身子坐在了上面。

鸭子开始在水面上摇晃，慢慢在泳池里漂流。虽然只是轻轻地摇晃，但感觉很舒服的同时，又觉得有些悲伤。明明我们离岸边只有两三米的距离，却让我感觉，世界上只剩下了我们两个人。

"有没有可能是远程杀人呢？"倒理突然说道，"凶手在远处看着泳池的水注满，然后让出光看上去像是事故死亡。"

"要怎么操作呢？"

"用VR眼镜。"

"……啊？"

"见池不是说了？次世代的游戏是小型机种，把VR眼镜伪装成'最新的泳镜'，让出光戴上。然后出光的视线里会出现和现实中的泳池几乎完全一样的精密VR影像。更衣室、门、泳池，还有天花板都和现实一样。只有一点不同，那就是泳池里的水位。出光把VR影像里的场景当成现实并且跳进了泳池。凶手早上过来回收泳镜就可以了。"

"……"

我抬头看着天花板，想象着这样的场景。

"那，凶手是见池？"

"是的。"

"我能说说我的想法吗？"

"什么？"

"这也太蠢了。"

"美影的诡计一直都很蠢啊。"

"但永远奏效。VR技术还没有发展到这种阶段，让人戴上泳镜就能以为自己身处异地……"

"我只是说说看嘛。"

倒理也说不下去了。我只是产生了一股徒劳感。黄鸭船仿佛也意识到了这趟旅程几近终点，再次靠近岸边。

我站起身，抢在倒理前面跳上岸。然而因为重心不稳，我的这番移动，让小船剧烈地摇晃起来。

"啊。"

卷毛的搭档因为重力的原因，消失了身影，而后有水花冒了出来。

就在我发愣的时候，我的面前像恐怖电影一般，他的双手和双脚出现在了水面上。倒理终于刨出了水面。虽然只下去了几秒钟，但是他从头到脚已经全都湿透了。我不由地"啊哈哈"地笑了出来。倒理像狗狗一样甩了甩头，水滴四溅开来。

"这也太糟了，太糟了。"

"都是因为你要坐船的缘故。"

"都是因为你突然跳出去，"倒理脸色铁青地说道，"这个水池可是泡过尸体的。"

"而且泡了八小时哦。"

"就算不是蕾亚我也觉得不舒服了。"

"你要不要洗个澡?"

倒理一边开着玩笑,一边走向男子更衣室。他居然还挺敏感的。不过因为警察的现场取证已经完成,把现场弄乱应该也没什么大碍。

更衣室里有两个小型淋浴间。他坐在长椅上把衣服脱掉,进入了右边的淋浴间。衣服则胡乱丢在洗脸台上。

"啊!!"

淋浴间里突然传出了剧烈的惨叫。我拉开浴帘往里望去,热气中的倒理像是在跳舞一样。而淋浴间的墙壁上,那块设定温度的触控板上,温度显示在最高的六十度。看来倒理是没注意温度就直接打开喷水了。

"把温度调回去啊啊啊。"

"你现在看起来就像是《纯爱》里的恋人那么惨。"

"难道也要在我昏迷的时候把我杀掉吗?"

调好操作板的温度后,倒理又开始淋浴。他的脖子上有一道歪曲的红线。我没有回答,而是拉上了浴帘。

回到洗脸台处,他脱下来的针织衫依然团在那里。我看着镜子里自己的样子,就如同驾照上的照片一样干巴巴的。淋浴间里传出了哼歌的声音。听起来像是七十年代学校文化祭上会播放的流行歌曲。那是廉价诡计乐队的 *DOWNED*。

"那家伙也是蠢,每次作案都会发送声明,"倒理嘀咕道,"是把我们当傻子吗?"

"是想让我们解谜吧。"

"那更傻了。"

他又开始哼起了歌,在唱到第二段之前停下了。

"那家伙现在会在哪儿呢?"

"不知道啊。"

我没有撒谎。我也不知道,美影现在身处何方。

……可是,我知道他某个时间一定会去某处。

明天正好是周四。

4

神保町的马路上,空气如同蒸笼里闷出的热气一般。

因为实在太久没来,我还以为这家店已经倒闭了,结果发现自己是杞人忧天。这家小小的二手书店,和以前一样,在高楼大厦之间顽强地生存着。门口黑板上的字,因为过于浅淡,甚至已经无法看清到底写了什么。

我推开纱门,走进这散发着霉味的书架。这家店有些与众不同的是,在堆满二手书的角落里,还有一处专门卖新书的地方。

每周四下午一点,这个新书角都会有一位常客光顾。那是个留着长发,有洁癖,笑容十分清爽的二十七岁男人。我有时也会来这里,寻找这位旧友,获取一些解谜的线索。

这件事,我还没有告诉过倒理和穿地。这是只属于我的成果。只属于我的秘密。只属于我和美影的——

"咦?"

我停下了脚步。

新书角没有任何人。

店里的时钟正指向一点。也许今天他会迟一点来吧。再多等一会好了。盐田武士的新书好像很有意思,我拿了一本开始读起来。

可我读到第三章时,那位客人仍然没有出现。

我合上书，走向正在柜台处铺报纸的店主。虽然我已经发现这家店两年多了，但和她说话还是第一次。

"请问——您还记得之前每周都会来这里的客人吗？就是头发有点长的那位。"

"啊，"老婆婆推了老花镜，"今天还没来。"

她说今天没来，那就代表上周来过咯。以美影的性格来说，他是不会被小事打乱计划的。我歪了歪头，突然意识到自己手里还拿着一本书，感觉有些不好意思，为了掩饰尴尬，我将书放到了收银台上。

"……到底去哪儿了呢？"

在我的嘀咕声中，收银机打开的声音消失在我的背后。

"社会学研究室 D"上的"社会"二字上被打了个大大的 X。上面用手写的字体写着"共同生活"。

门牌还和记忆中的一样。也就是说，这里仍然是教授的房间。我不由露出了微笑。我就是会对这样一成不变的东西产生好感。

我敲了三次门。里面传来了"请进"的回复。白发的教授坐在桌子里侧，正用红笔在一堆纸上写着什么。他抬头看了我一眼，发出了"哎呀"的声音。就好像昨天刚见过我一样。

"您在给学生批作业？"

"是补考。"

"今年的研究小组又有多少人忘交作业？"

"所有人，"教授放下笔，揉了揉肩，"你家那个叫什么来着？扫地机？还是打扫器？"

"什么？"

"打扫地面的机器啊，那种东西很方便吧，我也在想要不要买一个。"

我在沙发上坐下，然后停止了动作。

怎么回事？我的脊髓条件反射般地给出了反应。仔细想想……是从我的衣服看出来的吗？今天穿的西裤，上周确实被罗宾咬过了，裤角还没弄平整。衣服本身的褶皱，应该是左右对称的，所以这种情况下，能推测出有可能是被扫地机器人吸的。因为教授了解我的认真性格，所以他知道我并不会犯下这样的错误。而我在走进房间的时候，下意识地看了一眼地面。这是我和罗宾一起生活时养成的习惯。会有这样的动作，要么是养了宠物，要么就是买了扫地机器人。教授知道我不喜欢动物，所以是后者吧。当然也许还有其他的线索。

我放弃了思考答案。我又不是侦探，教授也不喜欢这样。

"是扫地机器人。很可爱的。"

"买扫地机器人又不是为了可爱。啊对了，你要不要吃这个？快过期了。"

他给我递来两个糯米饼点心，还有泡好的绿茶。天川教授坐到沙发上，和我面对面。因为我清楚地知道现在的状况，所以并没有产生预想中的紧张感。

"您不生气吗？"

"你是为了让我生气而来的吗？"

"不，但是……我想和您说说话。"

"那你说吧。"

教授喝了一口茶。明明是大夏天的却要喝热茶。我搞不懂这个人在想什么。

我拿过一块糯米饼，剥开包装纸。点心渣马上掉到了盘子里。

"我想和大家久违地一起碰个面。然后，解开谜题。"

"那不是挺好的嘛。"

"是吗？"

"这个世界上，不存在不解开反而更好的谜题吧。"

"什么意思？"

"所谓的解开谜题，就是为了增加选项。"

"我倒觉得正好相反。因为解谜，就是为了将答案范围缩小为一个。"

"重要的不是给出解答的方式，而是要如何对待解答，"教授淡淡地说道，"比如说，你被关在了密室之中。如果找到了钥匙，你就会有两个选择：要么出去，要么留在房间里。是否使用钥匙是你的自由。但是如果没有钥匙，你就只有待在房间里这一个选项了。"

"……如果本来就想一直待在房间里，那就不需要钥匙了。"

"但你还是出门了。所以才来了这里。"

我敷衍地喝了口茶，望着从杯中升腾起来的热气。选项。确实，五年前就是这样的事件。在破解问题的我们面前，出现了好几道门。我们找到了不同形状的钥匙，然后各自打开了不同的门。

"教授认为，我的选择是正确的吗？"

"不觉得，"他看着堆放着补考试卷的桌子，马上回答道，"不过我每年都不对学生抱什么期待。"

"您还是挺生气的吧？"

这次轮到教授喝茶了。

从天花板处传来空调运转的低音。暑假中的校园，就像殡仪馆一样安静。糯米饼的表面上，刻着花朵图案。我用手托在下巴处，咬了一口。

"……这有点太甜了。"

"其实还有十个。要不你带回去一半吧?"

5

傍晚，我在新宿把倒理接上了车。PAO车的空调制冷效果太差，车里暖烘烘的。

"你去哪儿了？"

"我去稍微调查了点事情，不过一无所获。"

我可没撒谎。倒理兴味索然地"嗯"了一声，关掉了正在响着的收音机。我们就这样开向了"La Esekuta"。

出光的事件昨天被公布出来，不过因为大楼拒绝了媒体的采访，所以聚集过来的媒体，也只能在外面盘桓，束手无策。我们绕过媒体，将车停在地下的停车场。

"对了，在去泳池前，我想和管理员说两句。有点想要调……"

"想调查的事？"对方有点嘲讽地说道，"你想调查的东西还真多。"

"侦探不就是这样嘛……你什么都不调查吗？"

"当然这并不值得骄傲，我还没想到什么能调查的事。"

"确实没啥值得自豪的。"

管理员室里已经有其他客人了。是个戴着鸭舌帽，穿着裤装，身材颇为有料的女性——是玉越蕾亚。她为了变装而戴的墨镜完全没用。她和矢泽之间，铺放着一堆文件一样的东西。

"请在这里，还有那里签字……好，这就行了。"

"我能再最后上去一次吗？我在吧台那里存了酒，想带回去。现在现场取证已经结束了吧？"

"应该可以。"

"那，就麻烦您了……啊，是侦探先生。"

蕾亚注意到了我们，轻轻将帽子掀了起来。

"在办退会手续吗？"

"是的，我想找其他泳池。"

"很难找到像这里条件这么好的地方了。"

"我想找的泳池是没有溺死过人的。"

而后，这位人气模特做出了个拜拜的手势离开了房间。大楼兼泳池的管理员，似乎想说些什么，却只能目送她离开，而后跟我们打了个招呼。

"今天有什么事吗？"

"只想问您一件事，"我坐到了接待台子上，"事件当晚，您检查过泳池。当时有进过男女更衣室吗？"

"嗯，当然了。我每天都会检查更衣室。确认有没有人落了东西，还会打扫一下。淋浴间也会检查。"

淋浴间。我想知道的就是这个。

"您还记得，男子更衣室右侧的淋浴间，平时温度会被设定成多少度吗？"

"这，我有点……我应该会全部都调回到三十度。"

"三十度？"倒理问道，"等一下，每晚都会调到三十度吗？"

"是的，很多客人调完温度之后不会调回来。有的时候太冷或太热，第二天用的人就会觉得不方便。"

"案发当天你也调了吗？"

"调了。"

事件当晚的凌晨,矢泽将淋浴间的温度设定在三十度。

可是昨天,倒理使用浴室时,温度却变成了六十度。

"怎么回事呢?"倒理自言自语着,"在你来检查之后,来的人只有出光。难道他在死前还冲了淋浴?"

"用六十度的水冲淋浴?如果那样,他肯定已经醒酒了。"

"这会不会和杀人诡计有关?"

"也许有关。但是解开诡计是你的工作。"

"那为了让我好好思考你就闭嘴吧。"

倒理一边往上梳了一把卷毛一边开始思考。我事不关己地看着他。

矢泽好奇地打量着我们。她判断应该是放着我们不管比较好,于是马上开始了日常的工作。整理架子,收拾文件,并且接了两三个电话。而后她打开桌子下面的抽屉,取出了一个筒状的东西——

"咦?""喂!"

我们两个人同时出声。矢泽停下手里的动作,瞪大了眼睛。

"怎么了?"

"这……到底是怎么回事?"

"这?啊,这是替换用的气筒,给泳池用品打气的。因为出气有点问题所以我换了一个。本来前几天就打算换的,因为发生了案件我给忘了。"

矢泽有些不好意思地笑了起来。可是我的眼睛却紧盯着气瓶。确切地说,是气瓶上的贴纸。

那是一只变形的蓝色大象,正噘着嘴,吐出大大一口气,看起来像是品牌吉祥物。与无机质的银色瓶身正好相反,这可爱贴纸贴在瓶子中间，十分显眼。

"矢泽女士……昨天给我们看的那个视频，还能再放一次吗？"

矢泽有些摸不着头脑，还是打开手机朝向我们。影像开始播放，首先出现的是她那张担心的脸部特写。然后是空空的水池，还有和负责人的对话，打开设备间。里面出现了拖把、水管，还有打气筒。

虽然昨天并没有注意到——但是那头大象，确实在那里。

这是怎么回事？我再次梳理着时间线。推理所需要的线索已经差不多备齐了。我的冷静思考像泳池的宽广水面一般，而我则飞身跃入其中。

不过，我还是比不上那个真的跳进水池里的家伙。

"我知道要调查什么了，"意识到了什么，搭档站起身来说，"那个水池……啊，糟了！"

倒理突然叫了一声，跑出了管理室。不明所以的我跟着跑了出去。

他在电梯里向我简单地说明。到达最上层后，我慌忙跟着他跑起来。我们跑到大厅，而后打开门，冲向泳池。宽广的都市绿洲展现在我们的眼前。

戴着泳镜穿着泳衣的美女，正将腿伸向水中。

"等一下！"

因为声音太大，玉越蕾亚回过头。倒理调整着呼吸，带着嘲讽地笑容说：

"你不是说因为太恶心，已经不想在里面游泳了吗？"

"不……这个……我……"

"请你马上离开泳池，如果证据被你销毁就麻烦了。"

"证据？"

"是能够证明杀害出光的凶手的证据。到底是谁呢？从现在的情况来看，就是你吧。"

"你，你在说什么？哪有什么证据……"

"不，证据现在应该就在这里面。"

倒理一边紧盯着她，一边指着证据说。

是那个一脸蠢相，正漂在水面上的黄鸭橡皮船。

"如果这还不够，去你家附近的家居市场调查一下应该就行了。"

"还有你的网购记录。反正你肯定买过我想的那件东西。"

"……"

蕾亚意识到自己已经输了。然而她并没有当场哭泣，而是双手叉腰，像T台上的主角一般盯着我们。而后低沉地说："真聪明啊，侦探先生们。"

确实，听到这话我们并不怎么高兴。

6

山手线对面的那座土黄色大楼——正是目黑警察局的大门口，出现了三个人影。

那是小坪和一个中年刑警，还有穿地。她正在和部下们说着什么，发现我们后，她便等了个信号灯过马路，坐进我们的 PAO 车子里。原本趴在方向盘上的倒理抬起头来。

"去哪儿？"

"哪里都行，"穿地打量着车内，"还挺像你们的风格。"

"哟，你也终于有点品位了。"

"啊，是挺可爱的。"

我们向后看了一眼。女强人沉下了脸，继续吃起可可香烟糖。

"科研还在分析证物。玉越蕾亚已经承认了杀害出光的事。但是关于作案手法，她让我们来问你们。"

"如果你想让我们说的话，就再说一遍刚才的台词。"

"嗯，这次得录下来。"

"我刚想起来，这里禁止停车。"

……我们没法忤逆国家权力。倒理发动引擎，启动了车子。

同时也开始解谜。

"这次的案件，在美影的手法中也算是十分出彩的。也就是说，他平时的手法一般都很蠢。"

"赶紧说正题吧。"

"那就从结论开始说吧。那家伙所设计的是不在场证明诡计。出光的死亡推定时间，是从晚上十点到凌晨两点。不过我们最后要确认的不在场证明是从凌晨零点到凌晨两点。为什么呢？"

"这是因为管理人零点时来检查过。零点的时候，泳池里还没有尸体。所以只能认为他是零点之后溺死的。"

"不，出光是在零点之前溺死的，他零点时已经在水池里了。一直浸泡在水中。"

"水中？但泳池是空的，而且并没有能够隐藏尸体的地方。视频你们也看了……"

穿地口中的可可香烟糖落了一块下来。看来她是突然想到了什么吧。

我将手机冲向后座席，将矢泽发给我的视频又播放了一次。在水已经放光的泳池底部，散落着一堆原本漂浮在水面上的休闲玩具。像是游泳圈、沙滩球，以及——

那个大大的黄鸭橡皮船。

"在这里面吗？"

穿地大声叫了起来。

"这个能坐三到四个人，所以就尺寸来说是足够大的。而且它的表面是金黄色，也不透明，"我说道，"如果把尸体藏在这里面，应该谁都注意不到。"

"不，但是……那是怎么泡在水里的呢？"

"就是字面的意思，"倒理说，"这个橡胶船里充的并不是气，而是被水灌满的。"

吃惊的警部补此时甚至忘记了要把掉在腿上的零食捡起来。

车子行驶到目黑川，从首都高速的高架桥下方穿过。倒理和我交替说明。

"蕾亚是这样作案的。首先在傍晚,她悄悄来到'La Esekuta',进入设备间并且打开了'排水'功能,而后回去。到了零点的时候,水已经被放得差不多了。"

"那天见池借用了游泳池,虽然她不知道见池会几点散场。不过如果是从早上就开始玩的话,到傍晚也总该累了散场了,她是这样预想的。这样一来,只要傍晚时在大楼前盯着就好。如果对方没有回去,那就将计划延期。"

"接下来是晚上十点左右。蕾亚将出光喊到泳池,并且邀请对方一起喝酒。只要蕾亚穿着泳衣,这种事应该不难办到。然而趁着出光喝醉,她直接敲晕对方或者把出光推到泳池里——虽然不知道具体是怎么做的,总之就是让对方失去意识。这之后就要使用黄鸭船了。"

不知为何,我的脑中出现了往年手工制作节目里的ＢＧＭ。

"她从包里取出抽了气的黄鸭船——应该是和'La Esekuta'的黄鸭船一样的商品。她事先将这只船开了一道大口子,并且用水密封拉链一类的东西,制作开关口。相同种类的商品只要网购就能马上找到,而改造橡皮船的工具,在家居市场也能找到。

"蕾亚将出光塞进这只伪造的黄鸭船中。然后去设备间,将水管插进水龙头,就能往船里灌水了。也许为了让船里的水和泳池里的水一样,还加了氯化剂一类的东西。等到船被水注满膨胀起来,就把密封拉链拉好,而出光就在里面被莫名其妙地淹死了。之后她把这只假的黄鸭船放进泳池里,而将真正的船抽掉空气塞进包里,离开现场。"

"因为船里装满了水和尸体,所以非常重,当然不可能漂在水上。但是却不必担心被人发现。因为在矢泽来的时候,泳池里已经没有水了。"
······

没错，这就是这个廉价诡计的重点。

如果将黄鸭船放在地上，那难免会让人起疑，而且也很危险。但如果是在泳池底部，和其他散落的游泳圈、沙滩球一起放着，则会让人产生一种"它应该是漂在水上"的先入为主的观念。

"之后蕾亚从零点到黎明制造了不在场证明，"倒理说，"虽然这个不在场证明用力过猛，特意选了深夜去健身房。"

"蕾亚第三次来泳池是第二天早上，比矢泽要更早一些……大概六点到七点的样子。这时泳池里的水已经差不多灌好了，她只要再潜下去一次，拉开伪装船的拉链，把尸体从中拿出丢进泳池，再将假的黄鸭船塞进包里。将原来真正的黄鸭船取出，重新放到泳池里。"

车子通过了井之头大道的十字路口。穿地眺望着回廊一般的人行道，开口说道："那么，尸体就不是在泳池里浸泡了八小时……而是在黄鸭船里泡了八小时。"

"就是这么回事。"

"真是愚蠢至极的死法，"她揉着太阳穴说道，"不过，你们是怎么发现这个诡计的？"

"是泳池里的打气筒，"我回答道，"在视频里，能够看到打气筒的气瓶上，贴着一个吉祥物贴纸。但是案件发生后，那个贴纸剥落了。"

我们打开设备间时，那只银色气瓶上面已经没有那张童心贴纸了。

"也就是说，在零点以后，那张贴纸剥落了。可如果用手直接撕，多少会留下点痕迹吧？要如此干净地剥下贴纸，方法是很有限的。比如……"

"用热水加热,"倒理说道,"贴纸浸过热水之后就会很容易剥落。这可是生活的小智慧呢。现场也留下了证据。管理人平时都会把水温恢复到三十度,但我们发现一个淋浴间的水温是六十度。"

"你们去检查了淋浴间的温度?"

"凡事都要好好观察啊,穿地。"

倒理昂首挺胸地说道。看来他打算隐瞒自己从充气船上掉到泳池里的黑历史。

"总之,温度被调高这件事,正好与贴纸剥落的事实吻合。零点以后,有什么人用热水烫过气瓶。而贴纸就是在那时剥落的,凶手无奈之下只好把贴纸带回家了。那么穿地,什么时候才需要加热气瓶呢?"

"……打不出气的时候。"

"没错。我们经常会在喷雾器或者气瓶里的气打不出来时,加热一下。这也是生活中的小智慧。而当时的情况,就是打气筒的气瓶快没气了。也就是说,凶手在泳池边,正为了给什么打气而努力奋斗。但是游泳圈和沙滩球应该不需要打那么多气,也不会把气瓶打空。而需要大量空气的,只有橡皮船了。为什么要给橡皮船打气呢?是因为给它放过气。为什么要给它放气?是为了替换。这时我才想到了诡计。"

"真是不敢想象,蕾亚发现气瓶里没气时的样子啊,"我说,"大概是很努力弄了半天吧。虽然加热之后出了点气,但还是完全膨胀不起来。"

"是的,后半部分的气应该是她自己吹进去的。这样的话,气船里就全是蕾亚的呼气了,而且吹气时应该也粘上了她的唾液。对于自称两周没有来过泳池的蕾亚来说，这可是个相当不利的证据。"

解说结束了。车子不知何时开到了初台。穿地现在才想起来问"这是要去哪儿啊？"。

"回事务所。"

"你们要带我一起回去？"

"你不是说去哪儿都行吗？"

"……算了，要是有冷饮喝也无所谓。"

这位警部补，该不会是把我们那里当成咖啡馆了吧。确实有的时候，会有搞错的客人来访。都怪这个奇怪的事务所名字。

"可杀人动机是什么？"

"啊，蕾亚想让出光用愚蠢至极的方式死掉。所以才用这种方法杀他的。"

"所以才向美影下单啊，"倒理打断道，"为什么恨到这种程度呢，她有说吗？"

"没有……可能，是自尊心受不了吧。"

我打开车子的收纳箱，取出了那本最终版的经营类书籍《垃圾社会生存指南》。我发现这本书，是在昨天蕾亚被带走之后。早知道就不该恐惧他的精英气质，而是应该早点去读的。

我看了一眼书的章节目录。

　　理所当然地接受称赞——专业人士的心理准备
　　老套的东西才是最卖座的——谁都能完成的大卖设计
　　世界是总是运动着的——不虚度时间的方法

原来如此。

我回忆起了出光公辉的尸体照片。

他在泳池底部仰望着的，正是天花板上描绘的，虚假的蓝天。

结束了二十分钟的车程，我们回到了事务所。

不知道是不是因为听到了车子的声音，药子已经把门打开了。此时她又换上了高中制服，变成少女的模样。穿地对她打了个招呼让她面露喜色。不知道为什么，她们俩好像关系还不错。

药子在车子边等着我们下车。

"两个好消息和一个坏消息，"她又在说难懂的话了，"你们想听哪一个？"

"那就，好的坏的好的。"

"第一个好消息，修理工师傅来把空调修好了。"

"那太好了，"倒理说，"这里不用变成凶宅了。"

"坏消息呢？"我问。

"修理费高得吓人。"

"……大概还是会变成凶宅。"

"还没到自杀的时候。"

"还有一个好消息是，委托人正等着你们。"

我惊讶地扬起眉。这可个好消息。搞不好委托费正好能填补修理费的窟窿呢。

"什么样的委托啊？不可解事件？还是不可能犯罪？"

"是个两种元素都有的案子。"

"听起来好有趣啊。我们去听听。"

"就算没趣也得听。"

"我还是直接回去吧。"

"不用啊。要不你在厨房等等,顺便做点饭?"

"不,我还在上班……"

"我们这里有新鲜苏打粉哦。"

"那我还是去坐坐吧。"

我们一边打着嘴仗一边进了事务所。进门处摆着一双磨损严重的鞋子,就放在门口的位置。我总觉得在哪里见过,是倒理也有双一样的吗?应该是个二十五岁到三十岁的男性委托人吧。

我打开接待室兼起居室的门。

"久等了,我们是侦探……"

我定住了。

也许是因为空调恢复制冷的缘故,客厅里的空气如同异世界一样寒冷。可是让我惊异的,并不是这温度差。委托人正背对着我们,坐在沙发上。他像是在打发无聊时间一样,嘴里哼着一首怀旧歌曲。

"哼——哼——哼哼——哼——哼……"

是廉价诡计乐队的 *ELO Kiddies*。

哼歌的声音停止,委托人回过头来。

他穿着一件被浆洗过的白衬衫。扣子系到脖子最上面一颗。留着及肩的长发。

与其用帅气来形容他,不如用美丽更适合一些,他那张柔美的面孔朝向我们。

"请多关照,侦探先生。"

系切美影微笑着说。

密室之门打开时

1

脱离现实的发言,将我们拉回了现实。

锅里的食物已经冷掉,我们的聊天热情也渐渐消退,在气氛慵懒的房间中,现在的时间是凌晨两点。我迷迷糊糊地抬起头,眼镜滑落时发出咔嚓的一声。美影手里拿着一瓶思美洛伏特加,他一直盯着瓶口。看起来不像在开玩笑的样子。

"不会吧,"倒理吹了声口哨,"你被那大叔给忽悠了?"

"那倒不是啦。"

"太好了,穿地。你终于有同行了。"

"可别跟警察相提并论,"穿地把剩下的梅酒一饮而尽,"你是认真的?什么时候决定的啊?"

"挺早之前,不过这是第一次说出来。"

"你总是这样,也不和我商量……"

穿地发着牢骚。她的脸色通红。而我重新戴上眼镜,向美影问道:"是你个人经营吗?"

"嗯,事务所的名字也想好了。"

"一个人就这么干劲满满?不会很累吗?"

"会吗?"

他好像第一次意识到这个问题一般歪起了头。然后像是想了一会儿,将酒瓶举到嘴边回答道:"也是啊。"

"那，要不找个帮手吧。决呢？要不要跳槽？"

"我可不想连工作都和你一起。"

哎穿地，这么说可有点失礼啊。不过我可不想被她揍。美影似乎也预想到了她会这么回答，并不怎么遗憾地转换了目标。他的目标从冰一般的女强人，换成了那个乖张的卷毛。

"倒理呢？"

"我？"倒理意外地说道。他从正面指着我，"要找助手，找这种认真点的家伙不好吗？"

"你们啊，"我将他的手拍了回去，"你们忘了今天是为什么聚会的吧？"

"托尔斯泰百年忌辰。"

"是祝贺我拿到内定啊。"

我昨天拿到了心仪公司的 OFFER。穿地也已经决定了就职单位。倒理则是一边说着"回爱媛随便找个工作"一边闲晃的状态。

所以跟他说说这个事才更方便吧——搞不好美影一开始就是这么打算的。美影向倒理那边凑过去，把手撑在桌子上托着脸。然后用他一直以来的柔和笑容，和像是邀请别人一起去便利店一样的语气，对他说道："要不要一起啊？"

"……"

"和倒理搭档一定会很开心的。"

倒理没有马上回答，而是将视线投向了窗外。外面是公寓的内部庭院，现在只能看到一片漆黑。映在暗色玻璃窗上的，是我们四个学生的样子。此时穿地正在充电的手机响起了提示音。而我则继续打发着锅里的剩饭。

"你刚才不是说想好事务所名字了吗？叫什么呢？"

"廉价诡计。"

我差点把嘴里的白菜喷了出来。什么啊。不过这名字倒确实很有美影的风格。

倒理也笑了起来，不过是无奈的笑。他站起身，从冰箱里拿出最后一罐啤酒打开。

而后慢慢地，将啤酒罐伸向美影的方向。

第一个行动的是穿地。

她走过我身边，靠近美影。"好久不见。"美影说着举起了手。穿地也同样扬起手——

然而迎接美影的是一记右勾拳。

美影倒在沙发上，差不多用了三秒才爬起来。然而他的脸上仍然带着笑容。

"好痛。"

"之前，"穿地压抑着自己颤抖的声音，"之前你去哪儿了？"

"哪儿都没去啊，就在这个城市。"

"'廉价诡计'就是你吧。"

"啊，你发现了啊。太好了……"

美影再一次消失在我们眼前。等他第二次爬起来时，脸上的笑容已经消退了，他揉了揉鼻子。

"我没想到你还会再来一拳。"

"我还会再给你两千拳的。"

"这是按照每天一拳算的吗？那准确来说应该是一千九百——"

眼看第三拳就要打上去，我赶紧阻止了穿地。我能理解她的心情，但这样下去也不用说正事了。倒理反而没有表现出穿地那么强烈的情绪波动。他只是抓了抓耳朵，然后慢吞吞地打了个招呼。

"哟,你看着挺精神的。"

"除了鼻子以外。倒理呢,还好吗?"

"比之前见到你时好点。药子,能不能拿点喝的过来?这家伙我们认识。"

"我喝咖啡就好。麻烦用深马克杯装。"

美影的要求颇为奇怪。药子愣了一下,回过神来,走向厨房。

倒理坐回了沙发上的固定位置,我也在他旁边坐下来。穿地虽然还在气喘吁吁,但她意识到一个人站着实在太傻了,于是便找了个空位——美影旁边,猛地坐下。

房间里流动着沉默的气息。

奇妙的是,这样的沉默却并不那么令人难受。五年前突然消失的朋友,今天又突然出现。自己一直不想面对的过去袭来。我们之间仍然存着不少芥蒂,已经无法恢复过去那样的关系了。

尽管如此,却还是觉得令人怀念。

这种四个人坐在一起的感觉。

"那孩子是助手吗?"美影看着厨房的方向。

"是实习生。"倒理回答。

"嗯,原来如此。那个鹿呢?是剥制的?真厉害啊。应该是倒理买的吧。"

"冰雨也很喜欢。"

美影和我对上了视线。在这几秒钟的时间里,我们无言地用眼神交流了一番。他的嘴角浮现出共犯者的微笑。我有些抬不起头来了。

"好久不见啊,冰雨。"

"啊……是啊。好久不见。"

"这手表是怎么回事？啊，这样啊，原来如此。"

不知道他怎么突然就懂了。我本来还想辩解两句，可穿地先抢了话。

"然后呢？为什么现在才露面？"

"因为我想委托你们解谜。毕竟，这里是侦探事务所嘛。"

"……"

穿地无言以对，而我却并不感到惊讶。从美影出现在这里的时间点来看——确切地说，是从他没有出现在二手书店的时间点来看，我就产生了这种预感。

总之，我们四个人，再次凑到了一起。

终于到了解开谜题的时候了。

这也是理所当然的吧。我们无法回避那件事。虽然我的心里还没有完全做好准备。但是从五年前开始，我就已经有了心理准备。然而一个人的碎片是不够的，直到今天我们都没有谈起过那件事。倒不如说正相反——我们并不想提起那件事，那也是美影消失的理由。就像是总想无视架子上的灰尘一样，我也一再延期解决这件事。

如果去打扫灰尘会怎么样呢？一定会引发剧烈的咳嗽吧。之后呢，会有什么东西坏掉吗？还是说什么都不会改变呢？不知道。虽然不知道，但是已经不能再逃避了。

所以我也这样回答委托人。

"是怎样的事件呢？"

"那是发生在五年前的事件。是密室杀人——不，是密室杀人未遂。密室之中，有一名男性被割破了喉咙。然而这个男人本身不可能为房间上锁。而且现场还留有不可解的信息。"

"别开玩笑了……"

"不，听起来是有趣的事，"倒理打断穿地的话，"请你说明这起事件吧。"

如同对游戏产生了兴趣一般，"不可能犯罪"专家跷起腿，而警部补则有些失落的样子。

药子端来了饮料。她将托盘放下，向我们小声问道："现在我是不是有点碍事啊？"

"现在确实有点。"

"那……今天我就先走了。电饭锅还烧着呢。"

"好。辛苦了。"

"等一下，药子。谢谢你的饮料。"

药子笑着点了点头，一边取下围裙一边走了出去。

"这孩子真不错啊。"美影说着，而我则随便回了个"嗯"。

托盘上是给美影的深马克杯，还有其他三个人的玻璃杯。玻璃杯里盛的是浅绿色的碳酸汽水。药子按照穿地的喜好，给她做了粉末冲泡的苏打水。

经由倒理拿到玻璃杯，我又产生了怀旧之感。学生时代我们也经常像现在这样坐着，像现在这样传着资料。"最后的课题"发过来的时候，也是这样的顺序。

耳边又响起了教授的声音。

现在回忆起来，那起事件，是从一个相当恰当的开场开始的。

那么——

2

"你们已经在这个研究小组学习了四年。"

小组讨论很早就结束了,我们一边喝着茶,一边等待着课程结束的铃声。结果教授突然开始了闲聊。

"等一下。我有种不祥的预感。"

"真难得啊,我也一样。"

"我们都学了什么?"

"完全掌握了全国各地有名点心的知识。"

倒理皱起了眉,我则点了点头,美影爽朗地说着。穿地则吃着长野有名的点心。天川教授的眉毛一动不动。

"据我所知,你们应该也拥有一些点心以外的知识了。一般来说,被称为'社会'的共同体,和其中已经扎根的规则,违反规则的事例,以及相关的诸多问题。以及,在学问层面最基本的两个技术,也就是——"

"观察与推论?"

我回答道。然而教授却并没有表扬我。

"我需要你们给我看看学习成果。简单来说就是——毕业考试。"

我们四个人同时发出惨叫。不过这也是能预想到的,所以我们并非真心觉得不公。窗外有人正在装饰彩灯。看来比起其他小组，我们的考试已经推迟了不少。

教授将用钉书钉钉好的几页资料发给我们。内容是一起连环变态杀人案件。案发现场全部是在市里。凶手两周内连续作案三次，被害者是柴犬、杂种狗、杜伯曼狗。

"是狗啊。"倒理说。

"很危险啊。很多连环杀人犯，在杀人之前，都是先对动物下手的。"

"穿地说得没错，"教授说，"由你们对凶手和事件背景进行调查。期限是一个月。我不会提供帮助。只凭你们四个人来解开。"

"就这？"美影说，"跟之前的作业也差不多嘛。"

"还有一件事。这起事件，现在警察也还在调查之中。"

我不禁将视线移回到资料上。仔细一看，最后一起事件的案发时间是在三天前。

过去的课题，全都是处理已经解决的事件。教授故意藏起真相，让我们在教室中进行讨论。但这次不一样了。

这是现在正在调查中的，还没有解决的事件。

宣告三个小时结束的下课铃响起。我们心情凝重地走出教室时，教授叫住了美影和倒理，递给他们一张名片。上面写着一个类似居酒屋妈妈桑一类的名字——"歌留多夫人"。

"这是我认识的中介人。你们有时间，就去找她聊聊吧。"

"啊，谢谢您，真是帮了大忙。"

"果然，在这个行业闯荡还是得多靠人情关系啊。"

"这个圈子可是很小的。大家都互相脸熟，但所有人都不喜欢这一点。你们总有一天也会变成这样的。"

教授理了理绳状领带的领带夹，走向下一间教室。我们四个人接下来没事,平时我们总会一起去食堂吃饭,这一天也不例外。

"有多少个中介啊?""国内有十几个人吧。""那还真是挺少的。"我漠然地眺望着这样闲聊着走下楼梯的两个人的背影。旁边的穿地轻轻地说:"真看不出来他们是对侦探搭档啊。"

"应该送他一顶猎鹿帽。作为毕业纪念。"

"还是算了吧。可能他真会高兴的。"

两个月前。我们四个人一起喝酒的时候,美影说了"要当侦探"。

他邀请倒理去做助手。倒理也答应了。

两个人现在正在为开业做准备。虽然是突发奇想的事,不过我们跟随天川教授学习期间,也多多少少了解了一些侦探业界的事。所以我对此也并没有十分惊讶。而且美影是我们当中最优秀的。他一定能成为一个优秀的侦探吧……不过我有点怀疑,倒理能当个好助手吗?

穿地已经决定了去向。毕业后她要升研究生院,然后去警察学校,再然后是警视厅。她看准的是去年开始导入警察系统的特待制度——或者说,她已经决定要这样做了。预计四五年后,她就能够成为警部补了。虽然这算是非常华丽的出人头地的方式,但一说起未来的事,穿地又会非常烦躁。也许出生在警察世家,就是这样辛苦吧。

我呢?我会当个普通的上班族,进入制药公司的营业部。虽然喜欢研究小组的气氛,也喜欢这个小圈子——可是我并不想像他们三个人那样,过上整日与谜题为伍的人生。

我想要,更加没有负担的生活。

我们占领了学校食堂的一角，开始阅读资料。

连续杀人魔的作案通常是有规律的。三起案件的案发现场都在文京区内。时间是在一周内。通常作案时间是在深夜。凶器则是十字弓。那是改造过的强力弓弩，用十字弓将狗制服，再用锤子进一步对狗进行施暴杀害……资料的照片上，是肚子被弓箭射中的被害者们。它们身上的毛逆立着，毛发与凝固的血液纠结成团。刚才还不屑地说着"是狗啊"的倒理，现在也皱起了眉。

"会不会是小孩子的恶作剧？那些愚蠢的中二病小孩。"

"但作案手法非常周到。既没有留下证据，也有意避开了摄像头。"

大人会用十字弓吗？不，这种东西高中生也可以改造……穿地和倒理讨论着。我则和初级侦探搭着话。

"三起事件是同一人作案吗？"

"弓箭是同一种，所以这一点应该没错，"美影翻着资料说，他注视着某个部分，"第一次和第二次的被害者是流浪狗，第三次则是家养狗。作案者是从饲主院子里的狗狗小屋，把狗带到附近的公园里杀害的。"

"不过最近的流浪狗好像确实变少了。"

"但是找家养狗下手的难度比较高。"

"因为作案熟练了，所以胆子也变大了吧？"

"怎么说呢……也许去问问饲主能得到一些信息。"

我们的声音好像有点大。坐在隔壁桌的那帮轻音部的人，一脸不爽地吸着面。

3

"狗狗的名字叫布奇。是一部老漫画里的角色名字。"

"那应该跑得很快吧。"倒理说道。

饲主说着"你这么年轻还知道这个啊"笑了起来,那是一种被寂寞包围的笑。他看上去也可以说得上年轻。这位饲主名叫杉好宏伸,今年三十五岁,是上野一家乐器店的店主。

他住在千石的住宅区,与太太两个人一起生活。他家门前有个小公园,狗狗的尸体就是在公园里被发现的。听说我们是来调查案情的,他就仿佛抓住了救命稻草一般,并未在意我们的学生身份,赶紧招待我们进屋。在他家大马士革纹路的墙壁上,挂着不少他和爱犬的合影。

"最开始它是被人遗弃的。我在超市后面捡到它,在和妻子订婚前我就和它一起生活了。本来还说它最近长大了,狗屋有点小……打算这周给它换个新小屋的。"

"案发的那天深夜,"穿地问,"你们二位在家里吗?"

"是的,当时我们睡着了……什么都没注意到。"

"院子里有装监控摄像吗?"

"布奇就能看门。"

"布奇是个聪明的孩子,不过挺认生的,"坐在旁边的太太说道,"如果是不认识的人进了院子,不管是谁它都会大吼大叫。

哪怕睡着了也会马上跳起来。"

"事件当晚没有叫吗？"

"据警察说是被十字弓直接射中了。因为狗狗小屋前有血痕。"

杉好一边回答着倒理的疑问，一边低下了头。

"我们还没有孩子，布奇就像我们的家人一样。本来以为它会活得更久，可是为什么会这样……如果能够找到凶手……"

——真想杀了他啊。

受害者家属咬牙切齿地低声说道，然而这话还是传到了我们耳中。他的太太安慰似地轻抚他的背部。我们移开视线，因为气氛太糟糕而只能苦着脸喝咖啡。平时总是在研究小组里与资料战斗，我们还不习惯面对这样的场面。

就在这时——

"那是莱斯保罗吗？"

此前一直沉默着的美影说道。他指尖所指的，是里侧房间装饰的，一个看上去有些年代的吉他。

"嗯。"杉好回答。

"是初版吗？真的？厉害啊，这值两千万吧。"

"我们不打算卖掉……是店里的客人让给我们的。"

我也知道莱斯保罗的大名。这是GIBSON公司制作的名款琴，初版世界上只有一千五百台，现在的市价应该很高。本来明明是引以为豪的收藏品，因为失去了爱犬，男主人也失去了夸耀藏品的心情。

美影喝完咖啡后，突然站起身。

"我能去院子里看看吗？"

院子在玄关出来的这一边。院子里铺着草坪，还摆着一些花盆,以及狗狗小屋。虽然院子不大,但是因为前面就有公园,所以布奇有足够的空间玩耍。

狗狗小屋是个普通的带屋顶的箱型小木屋。宽面朝入口方向打开,入口那侧正好冲着家门,和大门的距离约有三米。正好是走廊灯能够照到的位置,而杉好家也有每晚点灯的习惯。

"哪怕不是威廉·退尔①,也能够轻松射中吧。"

倒理说道。他的表情与口中的玩笑话相反,有些阴沉。

我在狗狗小屋前蹲下。这个小屋的确不大,往里一看还能看到里面残留的血迹。血迹延伸到我的脚下,甚至滴到门前。发现时血迹穿过道路,一直延续到公园的长椅后面。

我想象着当时的场景。深夜,凶手在院子外射出十字弓。当时无人听到狗狗发出的微小悲鸣。而后凶手潜入,将失去反抗能力的布奇拖出院子。早上,杉好先生打开门想要带布奇散步,然而狗狗小屋中空空如也,血迹一直延伸到院子外。他循着血迹,进入公园——

"也许御殿场是对的,"穿地沉吟道,"这可能是小孩子的恶作剧。这么乱七八糟,并不像是大人的手法。"

美影没有回答,而是一直看着狗狗尸体的照片。那是在长椅后发现的布奇。它躺在枯叶之中,腹部的一侧被黑色的弓箭射中。哪怕不算射进身体里的部分,也足够长了。在弓箭的尾部有涂成桔色的羽毛。

"杉好先生,"美影向饲主问道,"布奇见到而不会叫的,有几个人?"

"咦?这个嘛,我和太太,一个叫杵塚的朋友,还有邮递员,

---

① 瑞士民间传说中的神射手英雄。

以及邻居福原先生……"

杉好屈指一数，说出了六个人的名字。美影将它们记在了资料上。

之后我们也去公园看了看，不过并没有什么收获。实地调查就这样结束了。我们打了个招呼，向杉好先生道别。

我们目送着他回到家里。美影回过头来。

"我们开始搜查会议吧。"

那时，我们的聚会场所是倒理的房间。

理由是，他住的地方是在我们全员住所最近车站的中间位置。就是这么简单的原因。他家位于上北泽一所便宜公寓的一楼一〇三号室，是五个并排房间中居中那一间。玄关旁边是浴室和洗手间，穿过厨房，里面是一个单间，大约有六叠①，房间狭窄得让人以为是虚假广告的产物——也许是因为房间里太乱了。里面堆满了倒理爱媛老家寄来的装着衣服的箱子，还有从二手书店买来的看都没看过的堆成山的书，以及胡乱堆在衣柜前的床铺。有洁癖的美影每次都会帮他收拾，但三天之后就会恢复原样。

除此之还，还有几个让人不满的地方。比如这个房间没有空调。虽然冬天可以靠电暖炉对付过去，可夏天在二手店买的电风扇，只用了两个月就坏掉了。房间里有咖啡壶，却没有烧水壶。他打工买的拉蒂尼大衣，和SHIMAMURA②的牛仔裤，一起挂着也让人感觉怪怪的。墙上还挂着一个达斯·维达面具形状的时

---

①日本以榻榻米为标准的一种计量方式，一叠相当于1.62平方米。
②日本的服装零售品牌，走低价优良品路线。

钟，看着实在难受，希望他能拿下来吧。还有，这个房间的窗户没有窗帘。通过一扇通风窗，能从外面将房间一览无余。他本人放出豪言，说是哪怕被看见也没什么大不了，也不知道他换衣服时要怎么办。不过窗户对面虽然是公寓的内侧庭院，但平时基本没人经过。

还有一点，就是钥匙。倒理只有一把自己房间的钥匙，房间中央有个电灯的拉绳，上面挂着一只在百元店买的挂钩，他就把钥匙扣在挂钩上。倒理的理论是，把钥匙放在鞋柜上绝对会不见，而放在这里就不会了，虽然放在这里的确更容易看到，不过当我们围坐在矮桌边时，钥匙就会在我们脑门上晃来晃去。甚至还曾经落到过正煮着的汤锅里。倒理当时一边说"这样也不错能吸收点铁元素"，一边从锅里捞出钥匙。

真是个让人搞不懂的家伙。

当时我们就这样，去了这个搞不懂的家伙的房间，围坐在那张正方形的矮桌边。头上依然是那把摇摇晃晃的钥匙。

"血迹从狗狗小屋里延伸到公园里。这是怎么做到的呢？"

美影在桌上摊开资料，开始说道。

"要怎么说明呢？是狗狗被十字弓射中之后，从伤口流下来的血吧。"

"没错倒理。如果这样假设，那么布奇就是在狗狗小屋里睡着的时候被射中的。"

"啊，因为狗狗小屋的正面就对着门。是有可能被射中的。"

"可是，"美影拿起狗狗的尸体照片，"箭是从布奇的腹部侧面射入。如果从正面射向狗屋，真的能够射到狗的腹部侧面吗？"

我们三个人相互对视了一眼。

因为狗屋体积较小，而布奇的身躯又比较大，所以布奇不能横躺在里面，只能把脸对着入口的方向睡觉。

这样的话，弓箭根本无法射中它的侧腹。

那么——狗屋中也就不会留下血迹了。

"会不会是布奇睡在外面了？"穿地指出，"因为狗屋太小了。而狗被射中后，因为惊恐逃回了狗屋。狗屋里的血迹是在这时留下的……"

"这也不可能。因为，那个射进腹部侧面的弓箭，是不可能横着进入狗屋的。"美影马上反驳道。的确如此，在被射中的状态下，布奇是不可能进入狗屋里的。

倒理抓了抓头发，这是他思考时的习惯动作。

"那么，狗屋里的血是怎么留下的？"

"如果留下了不该留下的东西，那就是伪装的。实际上，凶手是将布奇在无伤状态下带进公园的。并在那里用十字弓杀害了它。而后，为了让现场看起来像是强行把狗带走的，凶手故意在院子里留下了血迹。"

在无伤状态下带进公园。

狗狗没有叫，也没有抵抗，在深夜被人带走。

也就是说——

"……凶手是布奇看到而不会叫的人。"

"可以再往前一步。"

美影向我点了点头，有点像教授的样子。倒理则目瞪口呆地望着搭档。

"你，搞不好还真挺适合当侦探的。"

"如果没有这个能力那你不就麻烦了？"

美影带着他那令人目眩的清爽表情说道。

* * *

布奇见到而不会叫的人,加上杉好夫妇总共有八人。我们根据他们的生活范围,悄悄访问他们工作的地方,一个一个地排除他们的不在场证明。

几天后,我们再次聚集在倒理家。在三次案件发生的时间段都没有不在场证明的只有一个人。

那是杉好宏伸的朋友,杵塚实。

此人现在住在西日暮里,单身。工作地点在五反田,一个人经营一家进口贸易公司。

"就他的工作而言,要弄一把改造的十字弓也很简单吧。"

"一周就搞定了,还真是个轻松的课题。"

听到穿地确信的发言,泡完咖啡的倒理也发表了自己的感想。我们的作业期限还有三周。这的确是比之前想象的更加容易的毕业课题。

倒理将印着兔八哥图案的马克杯递给我们。在等着咖啡降到适口温度的这段时间,我突然开口说:"可是,为什么要杀狗呢?"

"这个杵塚,大概是有点心理变态吧。"

"可是他对朋友的狗下手的理由是什么呢?如果只是为了满足变态欲望,应该不要对认识的人下手比较好吧。如果是个人恩怨的话……"

"这你得问本人了,"倒理阴郁地摆了摆手,"你怎么总是对这个特别在意?动机啊,理由什么的。"

"不,就是随便问一下。"

"冰雨很温柔啊。"美影露出好看的笑容。

我有些不好意思地喝了口咖啡。

"那我们接下来要怎么办？"穿地扯回了话题，"这起案件还在调查，我们锁定了嫌疑人。不可能只是将结果发表在研究组里吧？"

"确实……如果不早点逮捕凶手，又会进行下一次作案吧。"

"可是要逮捕还没有证据啊。真的能做到吗？"

"也可以找教授帮忙……"

我们三个人都在等着美影的意见。虽然他并不是我们四个人中的领袖，但这次找到关键线索的人是他。他有决定行动方针的权利。

然而这位新手侦探，却熏着咖啡杯中冒出的热气思考了一会儿。

"我也很在意动机，"最后他还是露出了好看的笑容，"我们直接去问问本人吧。"

4

"不好意思,我把沙发扔了。请你们等一下。"

这是我们第一次和杵塚实见面。

他并不是会给人留下深刻印象的那种人。话也不多。可我至今还能够清楚地回忆起他当时的样子。因为这是我第一次和"凶手"见面,所以记忆很鲜明吧。

他是个让人感觉友好亲切的男人,留着莫西干头,鼻梁有点低,有点像以前的运动员。他的身材比较结实,下巴上有一道沟。听说是杉好先生的同级同学,不过从他的面部特征来看,倒是比杉好显得更加年轻一些。

他搬来四张椅子,我们就围坐在他的办公桌旁。因为事务所很小,所以到处都是打包好的纸箱。

"您这是要搬家吗?"

"嗯,下下个月吧。我准备搬到美国的办事处去了。本来今年有一半时间也是在那边过的。不过说起来,你们是春大的学生吗?校区在哪儿啊?樱上水吗?真怀念啊。我以前在明大,和你们就隔了两个楼。以前经常去你们的食堂吃饭呢。时钟台咖喱还在吗?啊,这样啊,哈哈。"

他一个人东扯西拉。而我们则机械般地应和着。

"对了,你们说是商学部研究组的学生……"

"对不起，我们撒谎了，"美影干脆地说，"我们其实是社会学研究课题组的。我们正在调查一起事件。"

"事件？"

"是文京区连续十字弓杀狗事件。"

这是倒理刚刚在电梯里决定好的案件名称。杵塚迷惑地摇了摇头。

"啊，是杉好的宠物那件事吧……我听他说了。之前布奇也和我玩过几次。哎呀好可惜，真的是，可是为什么要找我？"

"你觉得是为什么呢？"

在这样回答之后，美影开始讲述他的推理。在这期间，我不安地来回打量着这间办公室。连我自己也有些不知所措，只是直觉地警戒着这里会不会有十字弓或者锤子一类的凶器。

杵塚带着与人商务会谈的眼神，认真听着美影的话。等美影说完后，他拿起桌上一件现代艺术风格的装饰品，把玩起来。

"我的工作，是个人运营的进口业务——现在正在迈上正轨。"

"好像确实如此。"

"那你们知道，商业社会里最重要的是什么吗？"

"……"

"是信用。"

男人露出了亲切的笑容。

"哪怕你们现在去告诉警察，他们也不会相信吧。我没有前科，你们也没有证据。而且布奇也许有时就是不会叫啊。可能只是睡熟了没有起来，又或者是被玩具什么的引诱了。"

"布奇是条聪明的狗，"我马上说道，"它不会被这种东西……"

"聪明的狗？可是没人知道它会怎么行动。总而言之，这些话就到此为止，反正不是我干的。"

而后——杵塚打量了我们一番。

"我并没有动机。我为什么要杀狗呢？而且还是朋友家的狗。这不可能，我可不是这种人。"

"确实，"美影点了点头，"可是当然，吉普森也不会被盗了。"

这时男人的脸上第一次露出不安的神色。而这个推理，我们也是第一次听到。

"你也知道吧？杉好家里那把吉普森吉他，就挂在那里，毫无防范措施。我也吓了一跳。大概一两个月后，等这件事平静下来，你就会把它偷走吧。如果布奇还活着呢？杉好先生应该会这样考虑吧——明明进了小偷，为什么布奇没有叫呢？如果让杉好先生想到这一层就糟了。对于此人来说，这可不妙。"

"……你想说什么？"

"你大概就是这样的人吧，我想。因为狗很碍事所以就会把狗杀掉。只杀一只很容易引起别人怀疑，所以就会杀好几只，让人看起来像是变态作案。可是只有布奇才是你的真正目标。这也是你用十字弓这种少见的凶器的原因。因为必须要让他人认为这是同一凶手作案。"

"然后呢？"杵塚开始烦躁起来，"我已经说了好几次，你们有证据吗？我可不是凶手。哪怕我是，那又怎么样呢？只不过是一条狗而已。"

他说的最后一句话，其中并没有包含什么强烈的情绪。这大概连失言也算不上，只是自然而然从他口中说出的，真正的自然想法而已。

所以，我们也确信——

啊，就是这家伙。

这个男人就是凶手。

"我们会盯着你的，"倒理说道，"你别靠近杉好家。"

"随便你们。反正下个月就要去美国了。就算我想去也去不了。"

杵塚从抽屉里取出机票，在我们面前晃了晃。二月十八日，晚上十点出发，去往波士顿。虽然这是事实，却反而更加印证了美影的推理。如果他在偷完吉他之后，直接飞往美国，那就没法调查他了。而他在美国也更方便把吉他出手。

之后已经没有必要客套了。我们沐浴着杵塚针刺般的视线，无言地离开他的办公室。

我们坐上电梯，美影大大地叹了口气。

"失败了……要是不说吉普森的事就好了。他放松警惕，也许能趁他去偷吉他时抓个现形。"

"不，"穿地说，"如果那样，可能他还会再杀几只狗。现在这样就好。"

"并不好啊。我们把凶手放走了。"

"……这是现在我们所能做到的极限了。"

我这样说着，倒理则不满地将手伸进口袋。

伴随着微微的震动，我们到达了一楼。电梯里的镜子上，映照出了四个无奈学生的样子。

就是这样，我们第一次实地课题的着陆，着实称不上华丽。

当然，最后还是落地了。我们在第二周整理出结果，并在年内最后的小组讨论中发表。天川教授的感想非常简洁。

"及格了。恭喜毕业。"

"可是凶手……"

"我告诉警察了。不过因为证据太少，搜查的优先度比较低。你们还是别太期待了。那么，今天就是这个研究组的最后一节课了。谢谢你们跟我学到最后。"

"我们，算是好学生吗？"

"普通吧，"教授回答着美影的话，而后补了一句，"片无，毕业生领带打平结就可以。"

看来他看出了我今天早上努力练习打领带的事。我摸了摸自己的脖子，发现领口的扣子已经开了一颗。"普通"是指和教授相比吗？还是和他过去教过的研究组学生相比呢？这五年来我一直没有找到答案。

结果最后也没有听说杵塚实被逮捕。而杉好家的吉普森吉他似乎也没事。

不过在这起事件中，我学到了不少东西。不管是多么微小的事件，都有追查的价值。而搜查的现场，往往伴随着愤怒与恐惧。还有，有的犯人也许永远都无法归案。也许教授早就看到了真相，所以才选择了这起案件。

过年之后寒假结束，终于只剩下了毕业（倒理和美影倒是为了补学分而苦不堪言）。我的生活重心转向了新的生活，而天川研究组和毕业课题，很快就成了回忆的一部分。

可是。

真正的"课题"正是从这里开始的。

5

"今天七点半 有 Ribera del Duero 没有食材"。

群发邮件的发件人,是"御殿场倒理"。我查了一下 Ribera 是什么,发现原来是一种西班牙产的红酒。

七点十分,我在上北泽站下车,去车站前的超市里买了大葱、口蘑以及鸡腿肉,并且在途中和穿地、美影会合。他们两个人分别住在仙川和调布,不过今天都正好提着石城石井的袋子。我哦了一声,冲他们点头打了个招呼。美影啊哈哈地笑着,穿地则无言地踢了我的小腿一脚。

我们到达公寓的时候,正好是七点半。我们三个人总是很准时。

"已经都到了?"

说话的是我们当中唯一懒懒散散的闲人。打开门的倒理,一边摸着下巴一边揉着眼睛说。

"都来了啊。你们还真是挺闲的。"

"我们可不像大白天睡觉的你一样。"

"今天的主题是什么?为什么聚会?"

"这个嘛,就当作是纪念研究小组结业吧。我们应该还没开过庆祝会。还有就是《企鹅公路》获得科幻大奖纪念。你们买了什么?"

"鸡腿肉。"

"食材挺丰富的，我很高兴。"

"那正好让你展示主厨的技术。"

"我会展示的，不过麻烦你们晚点收拾厨房吧。"

我们闲聊着进了房间。原本堆在洗菜盆里的碗碟都被美影收拾干净了。主厨的头发还参着，他将鸡肉切好放进碗里，看起来像是要准备炒什么东西。我也想帮忙，不过估计会被赶出来，所以便老老实实坐在一边等着。穿地就像在自己家一样轻松，她开始吃起了杨杨加棒①，我也拿了一根。

纪念研究组结业啊。我们四个人聚在一个房间的机会已经所剩无几了——我这样模糊地想着。可是哪怕如此，我也没有感到寂寞。毕业后，我们都会留在这座城市，倒理和美影还会一起工作。哪怕是毕业之后，我们四个人也一定会找些理由聚会的。

厨房方向散发出诱人的香气。很快，倒理就端来一个大大的盘子。里面是用地中海风味的蒜香调料炒制的便宜鸡肉，再加上蘑菇、香醋一起煮化的食物。

打开红酒，倒进玻璃杯，为了青山君②干杯。不过我们并未怎么提起《企鹅公路》，还有天川研讨会的事。我们的注意力已经转移到了春天开始的新生活上。

"你们去见中介了吗？那个夫人是个什么样的人？"

"见了啊，就是个像妈妈桑的人。不知道为什么她好像还挺中意我的。"

"虽然有点形迹可疑，不过大叔介绍的应该没事吧。"

"如果穿地能当上刑警，那应该是最能派上用场的。"

---
①一种巧克力蘸酱棒。
②青山君，《企鹅公路》的主角。

"你可别想得太美了。"

"是啊。"

"对了,你们事务所准备开在哪里?"

"还在找地方呢,新宿怎么样?"

"为什么是新宿?"

"就感觉这种地方都会开在新宿啊。有开在府中的侦探事务所吗?"

"这也太随便了吧……"

虽然完全尝不明白 Ribera del Duero 的味道,不过倒理的料理还是挺美味的。随着筷子的起伏,红酒也在减少。酒越少夜就更深。

最后时钟指向了零点。

"十八号了啊,"倒理的这一句话,让我注意到,日期的确变化了。可是,为什么要特意说这句话呢?我看向倒理的方向。

"杵塚今天就要出国了。"

他就像等待这一刻般说道。

我们在杵塚的事务所里看到了他的机票。现在回想起来,那张机票上,的确写着今天的日期。

"我一直在想这件事……如果把他是凶手的事说出来会不会更好。"

"说出来,告诉谁?"

"受害者家属啊,杉好宏伸。"

我有一种被泼了冰水的感觉。

我想起在千石那个小小的家里发生的对话。面对我们时,杉好先生悲叹着,诉说着对爱犬的回忆,最后吐露的那一句话。

如果能够找到凶手的话——真想杀了他啊。

"还是别说比较好。"我条件反射般地回答。

倒理不满地摇了摇头。

"杵塚可不是普通人,上次跟他说话时你也发现了吧。他可是会为了自己的偷窃计划而杀掉一条狗的。而且不光是杉好养的狗,还有两条流浪狗。等他出国,想见他就难了。如果要说,今天就是最后的机会。"

"不过,可是——"

"我也反对,"穿地打断我说,"杵塚做的事我们并没有证据。而且如果说了,也许杉好会轻率行事。"

"要怎么做是杉好的问题。我们有权替他决定吗?"

"我们的工作是预防犯罪,而不是引发事端。"

她那镜片后的眼睛中,透出了冰冷的意味。毫不为他人的意见所动摇,这倒是很像她平时的作风。

"二比一,"倒理往上梳了一把卷毛,"你怎么说?"

他转向了最后剩下的那个人——美影。

美影迷茫地看着搭档,也许是没有想到对方会突然问他吧。他似乎是在思考该说什么,看着杯底残留的液体,而后将红酒一饮而尽,最后露出了一如既往的笑容说:"我选择保持沉默。三比一。好了,这件事就到此为止吧。没酒了,要不要再开瓶新的?"

倒理没有回答。而是带着反问般的眼神看着美影,美影则依然保持着笑容。

"你说的是真心话吗?"

"当然。"

"对了,我还没有问过你吧,你为什么想当侦探呢?"

"因为觉得我有这方面的天赋吧。"

"天赋?"

"我只是喜欢轻松点的工作。"

墙上的衣架上挂着我们三个人的外套——我和倒理还有穿地的大衣。美影连围巾都没戴。

"所以说,不要去背负多余的东西啊。我以为倒理也和我想的一样。"

"唔……"

倒理一边吐出酒气,一边嘀咕着"也是啊",然后就中止了这个话题。

美影站起身,从冰箱里拿出罐装利久酒。他一边哼着不合时宜的歌,是廉价诡计乐队的 *Stop This Game*,一边打开拉环。而后他说了声干杯,却无人回应。我盯着那只系在电灯拉绳上的钥匙。钥匙晃来晃去的,就像想要寻找那扇自己要打开的门一般。

穿地说要在末班电车前回去,于是我们就解散了。我们三个人走向玄关,然而我假装穿鞋多花了一点时间,故意让其他两个人先走。不知道倒理是不是为了送我们而走了出来,他靠在墙上。

"倒理。"

"啊?"

"没事吧?"

站在门框边沐浴着背后的灯光,倒理的表情让人有些看不清楚。然而,他的声音却很轻。

"还没到需要让你担心的程度。"

他这么说着,关上了门。

恐怕我们四个人已经没有什么机会再聚在这间屋子里了。
后来，这个预感完美地得到了印证。
这是我们倒数第二次聚集在倒理的房间里。
最后一次，则是十七小时以后。

6

电线杆投射在地上的影子被拉得老长,将道路分成了四等分。像是在追逐落下的太阳一般,空气也随之变得寒冷。

我靠在公寓外的围墙边,一边无意义地搓着戴着羊毛手套的双手,一边隔几秒就看一眼手表。

现在是下午五点半,美影和穿地出现在了道路的一角。果然这两个人也很准时。

"今天你们也一起来的?"

"在那边碰到的。"

穿地生硬地回答道。从她没踹我这一点来看,大概是真的吧。而美影则一如既往地没有季节感一般,穿着一件无印良品的白色衬衫,没有穿任何外套,而且一点也不冷的样子。他向我问道:"倒理跟你说了什么吗?"

"没有……看起来不像是红酒品鉴会吧。"

今天早上,晚起的我收到了新的群发邮件。

"今天五点半,一定要来"。

发件人仍然是"御殿场倒理"。昨天和今天连续两天把我们喊过来,他也真是够自我的。可是他很少会说"一定"这种话。我感觉到了某种违和感。应该是有很重要的事吧,还是说只是在耍性子呢?我自己下了一番结论,穿上了外套。

"可能还想跟我们继续讨论昨天的事吧,"美影一脸嫌麻烦的样子,"我还以为已经下结论了呢。"

"算了,去听听他怎么说就知道了。"

穿地语气傲慢地说道。我们三人随之走进公寓。

一〇三号室的门前,那生锈的邮箱盖、四角已经剥落的象牙色涂漆,一切都和昨天完全一样。穿地先按了下门铃,过了好一会儿,却没人回应。穿地转动了一下门把手。打不开。

美影一边伸过手来拧着门把手,嘴里还一边喊着倒理。

没人回应。倒不如说,房间里一点声音都没有。

"还在睡吗?"美影苦笑着说。

"明明是他自己把我们叫来的。"穿地也抱怨道。我也站在门前,握着门把手。转不动,门牢牢地锁着。

"怎么办,"穿地取出手机,"要打个电话吗?"

"去后面的院子看看,"我提议道,"拍拍窗子就起来了。"

"要是还不起来就把窗户打碎进去好了。"美影说道。

这是我们平时交流时,甚至连开玩笑也算不上的戏言而已。至少当时,我们是这么认为的。

美影走在前面,穿地紧随其后。而我则将一只手伸入了外套的口袋。

我们留下的白色的哈气,在门前飘过。

我们从公寓的西侧绕到了内侧庭院。

这里是一块四周被建筑物包围起来的,让人感觉不太舒服的四方形空间。有一间进去十个人就会塌掉的储物间,还有不知道种了什么,但反正已经枯萎的盆栽植物,以及缺边少角的水泥砖块。公寓的一楼，并排着五扇等间距的窗子。中间那个就是倒理的房间。

"对了，可以用海苔把桔子卷起来再浇上酱油。"

"感觉有点像鱼子寿司？"

"挺像的吧。我最近试了试。"

美影和穿地有一搭没一塔地聊着。我跟在他们身后几步远的位置。我们晃晃悠悠地往前走，来到了倒理家的窗前。他家没有挂窗帘，所以很容易就能看见里面的情况。

房间里跟平时一样很乱。散落的书、歪歪斜斜的电热炉，还有丢放在地上的拉蒂尼大衣。在对面的衣柜前，是好像睡着了的倒理，趴在床上。

"御殿场，起床了。"

穿地咣咣地敲了敲窗户。倒理没有动。

"喂，御殿场。"她又敲了一次。倒理还是没有动。

"喂，御——"就在她第三次喊的时候——

穿地的脸色变了。

倒理是以脚冲向我们这边，身体埋在被子里的姿势躺着的。因为他的脸埋在被子里，而房间里又没有开灯，所以我们无法看清他头部的样子。

然而，哪怕如此——哪怕如此，我们仍然能够看到，他身体周围散开的血红色。

"……倒理！"

我发出声音时，时间开始加速。穿地比之前更加激烈地敲着门。但窗户上着锁。美影粗暴地推开穿地，从脚边拿起一块砖头，直接砸到玻璃上。他从砸开的洞中伸进手去，打开了窗户的插销。

窗户开了。最先进去的是穿地。她没有去打量房间里的其他物品，而是直接穿过房间，走到倒理身边。"御殿场！喂！御殿场！"六叠的房间里响起了她拼命叫喊的声音。

"呜。"

细微的呻吟声从穿地后背的另一边传了过来。

——还活着。

"片无，叫急救车！"

穿地回过头来喊道。我甚至还没有等她说完，就已经拨打了119。我的手上满是汗水，手机险些滑落。我一边压抑着那疯狂的心跳，一边对着接线员讲话。

"打扰了，我们需要急救。地点是ＣＯ－ＢＯ上北泽公寓。我们的朋友受伤了。是的，这个——"

我结结巴巴地说明着情况。我把耳朵、舌头，还有脑袋全部动员起来，只将眼睛从职务中解放出来。我的眼，像是在观看其他世界的电影一般，映出了一个男人的身影。

美影。

虽然他跟着穿地一起进入了房间，却并没有靠近倒理。反之，他靠近矮桌，弯着腰望着什么东西。

桌子被擦得很干净，上面摆放着一个兔八哥马克杯，杯子还飘着一缕热气。杯子里还有一杯量的咖啡。咖啡的水面中，有个像茶包绳一般细细的绳子伸了出来。美影抬起头，发现咖啡杯正上方的电灯拉绳，从中间断了一截。

美影抓住咖啡杯中的那根绳子，一点一点拉了起来。

从黑色的液体中，先是出现了百元店里买的挂钩，而后是挂在上面的钥匙扣上的钥匙。

美影注视着钥匙，久久没有动。明明旁边的友人受了伤，他却好像毫不在意一般。我打完急救电话，将手机关上。

"穿地，急救车马上就到。按住他的喉咙。止血。"

"知道了！"

随后我也走进房间。到处都是血腥味儿。穿地稍微抱起倒理的上半身，拼命地按住他的脖子。而她的手已经完全被染红了。出血量比我想象得更多。倒理的眼睛和嘴都半开着，但是从侧面却看不出他的表情。只能听到微弱的呼吸声，证明他仍然活着。我的胸口被什么绞紧了。我甚至无法直视这个场面。

美影仍然站在那里。钥匙上啪嗒啪嗒地滴下了咖啡液体。

"美影，这个……"

"一〇三，"他读着钥匙上的字，"就是这个房间的钥匙。"

这个理所当然的事实，却在说明着根本就不可能的事实。

我慢慢地走向厨房的方向。因为房间过于狭窄，所以来回连二十秒都不需要。

"……没人。"

没有人回应。

虽然房间里的光景没有发生任何变化，气氛却和刚才产生了决定性的差异。美影和穿地，都瞪大了眼睛，紧紧地盯着六叠房间的一处。看来我不在的时候又有什么新的——非常重要的——比起浑身是血的倒理更具有冲击性的发现。

我循着他们的视线，马上就意识到了他们为何会如此震惊。

那是在倒理倒下的地方的旁边。在衣柜的拉门屏风上，用歪曲的红字写着。

美影

"咳咳。"倒理咳嗽着。

我用手扶住门柱,支撑着自己摇晃的身体。羊毛手套和木头摩擦发出粗钝的声音。而穿地用仿佛机械缺油一般的动作,看向美影。

"啊。"

他脸上那一贯的柔和笑容消失了。他露出了如同上班族越过大楼屋顶围栏时的那种一脸疲惫的表情。

"这样我很为难啊,倒理。"

他自言自语着,对着奄奄一息的朋友说道,不知道是否是在回复着什么。

然而他只留下了这一句话,便行动起来。他将钥匙放在桌子上,打开窗子去了房间外。而后便从我们的视线中消失了。

我和穿地甚至忘了阻止他的行动。我们什么都没做,也什么都没说。

不久之后,远处传来了急救车的汽笛声。

7

五个小时后,倒理终于醒了。

他黑色的眼睛盯着天花板,过了好一会儿,又左右转了转,逐个儿打量着病床周围。奶油色的窗帘,点滴瓶,窗边的花瓶,以及坐在椅子上的我和穿地。他的第一句话非常简单。

"美影呢?"

"发现你之后,不知道去哪里了。"

"联络不上啊。"

"这样啊。"倒理沉吟着继续将目光移回天花板。穿地在检查了十次手机邮箱之后,也终于放弃般地关上了手机。

"御殿场,到底发生了什么?"

"什么?哎,我在房间里睡觉的时候,突然有可疑的人闯了进来。东京还真是恐怖啊。然后我就……"

"别开玩笑了。"

"你的房间里,不管是门还是窗户,都是上着锁的。"

"上锁?"倒理皱起眉头,不过看起来倒并不像是因为伤口的疼痛,"啊——我想起来了,那是我自己切鱼的时候弄的……"

"够了。"

当然他这种鬼扯不具有任何可信性,而且房间中也没有发现凶器。

穿地靠近倒理的脸。

"是美影干的吧,是那家伙干的吧?"

"不是啦。"

"那你写的字是怎么回事?"

"我只是写一下喜欢人的名字。"倒理嘲讽般地说道。他的这个反应,明显是不可能不知道那几个血字的存在。果然,那是倒理写下的。

穿地站起身说:"我去叫医生。"病房里只剩下了我们两个。

我的视线四处游移,寻找着要说的话。然而墙壁与天花板上的瓷砖,就像是一份空白的剧本一般,没有给我任何提示。此时只听到心电图规律的声音在房间中响着。搞不好医疗机械这种东西,就是为了让气氛不陷入僵局而存在的。

"现在几点了?"

倒理打破了沉默。我给他看了看手表,他点了点头,五官马上扭曲起来。这次好像是因为牵动了伤口。

"我还以为要死了呢。"

"擦到颈动脉了啊。再深五毫米,就有危险了。"

"这样啊……那凶手失手了,"倒理事不关己般地说道,"钥匙呢?密室又是怎么回事?详细说来听听。"

"等你出院吧。那个留言是怎么回事?是你写的吧,那个到底是……"

"我不会告诉你的。哪怕出院以后也不会说。"

他露出了坏笑。这是我所熟知的倒理一直以来的样子。我松了口气——其实并没有,我的心底还有骚动。

"说起来,我什么时候才能出院?"

"不好说,一周或者两周后吧。"

"嗯，下次见到美影时，得向他道歉啊。"

"为什么？"

"各种各样的事吧。因为他放纵了我的任性……喂，你干吗这副表情，你要是戴着眼镜就装得酷一点啊。"

在一通任性的要求之后，倒理又闭上了眼睛，发出睡着的呼吸声。我也想就这样把脸埋在病床上一起睡过去。

这几个小时之内发生的事，全部像是幻觉一般。事件，倒理，钥匙，留言，还有美影。在打破密室之前，房间中到底发生了什么呢？倒理所说的"任性"又是指什么呢？没有更像样的结局了吗？后悔和无法解开的谜在我的脑子里回旋。我被巨大的苦闷困扰着。

可是不管怎么说，事件以倒理的痊愈结束了。

这种安心感，是确确实实的。

最后，倒理在医院一直住到了三月。

像倒理这么懒散的人，并没有把这起事件太当一回事，倒是颇有他的风格。他既没有报警，也没有跟家里人说，对于其他朋友、熟人也都保持着沉默。所以我每次来的时候，也只会碰到穿地和护士。

美影则一次都没有出现过。

不管是在医院，还是在我们面前。

穿地在事件的第二天收到了一封邮件。上面只写着"对不起"几个字。这封邮件，就是我们与美影最后的联系了。他将调布租的房子退掉了，手机号和邮箱也都注销了。

穿地生气了好长时间，一直到处找他，但二月也最终放弃了。而每次问倒理是怎么回事，又总是会被岔开话题，所以她也放弃了问事情的缘由。"这家伙还真是个怪人"成了她的口头禅。我们有空就会去医院探望，在那个房间里度过了一段缓慢而一成不变的日子。我们刻意回避着与事件有关的话题，只是闲聊些近况，或者是最近看过的电影的感想。就这样任凭时间流逝。

进入三月后十天左右的某一天，天川教授出现了。

"虽然我对你们的评价是普通，不过你们最后倒是让我稍微吃惊了一下。"

他带的礼物，是山梨特产的信玄饼，倒理不满地说"在病床上吃这个很麻烦的"。他的探视很快就结束了，不过那之后，教授向我单独问了事件的经过。我们两个人来到休息区咖啡角的圆桌前，我把那天从我们三个人进入公寓到急救车来的经过告诉了他。

"对不起，结果事情变成了这样。"

"为什么要道歉呢？"

"不，这个……对不起，"我在茶杯中倒入茶水，"教授怎么想呢？关于整起事件。"

"要从我的口中说出来吗？"

"……还是不了吧。"

这是在我们四个人之间发生的事情。还是应该通过我们自己的手来解决吧。

那是相当晴朗的一天，能够透过墙上的玻璃俯瞰隔壁的公园。那里网球场上的草坪让我有些眩目。可是教授却向走廊的一角投去了视线。

"我以前有个建筑家朋友。"

在那里的玻璃匣子中，装饰着一个有些廉价的医院模型。

"是个有些奇怪才华的家伙。她自称小时候曾经遇到过魔女。而后被施以了'自己创造的建筑物中都会发生惨剧'的诅咒。她一直都很认真地在害怕这件事。所以她在某一段时间，只会建造不会有人住的阴惨惨的房间。无非是不想有人在自己建造的房子里被杀。最后，她失踪了。"

现在依然生死不明，最后教授补充道。

"这也许是我的人生经验吧。足够信任的朋友突然消失，这一定是——因为对他人的温柔。"

教授望着那边而没有看我。可是我想，他应该是在鼓励我吧，就在我挠了挠脸，正准备开口时——

脚底开始晃动了起来。

我下意识地用手抓住桌子。

"地震了吧。"

"挺大的。"

确实是比较大的地震，有三级？四级？或者更加厉害。这是我之前从未体验过的剧烈晃动。在晃动了三分钟左右后，震感渐渐弱了下来，最后完全停止了。我目力所及的范围之内，并没有人摔倒或者受伤。只是人们的骚动，如同墨水滴落在绒毯上一般蔓延开来。

似乎是预感到了什么，天川教授站起身。

"我走了。你们先考虑自己的事情吧。"

这是他给我们最后的建议。

几天后，倒理准备出院了。

我并没有特别欣喜的感觉。虽然伤口差不多治好了，不过还是需要他在东京的家里静养。

在出院的前一天，我悠闲地来到病房。穿地和护士都不在，倒理在床上睡着。他脖子上的绷带已经取了下来。那条粗粗的伤痕歪斜着，哪怕从远处看也相当扎眼。我下意识地摸了一下自己的脖子。

"倒理，这……"

"嗯？啊，留下疤痕了啊。"

"一辈子吗？"

"大概吧，"倒理用手指卷着头发，"我也问过这个疤痕能不能去掉，不过现代医学应该不可能。"

我无力地笑了起来。我拉过椅子，坐在床边。同时取过床头的遥控器，将正在播放广告的电视关掉。倒理并没有抱怨。

"感觉事情大发了啊。"

"是啊。"

"在病房里也没有真实感。"

"在外面也没有。"

在东北发生的地震灾害，轻而易举地击碎了我们贫弱的想象力，史上最糟糕的纪录日复一日地更新着。电视与报纸每天都像疯了一样地报道着相关新闻，而我们却对此完全无能为力，只能旁观。与如此之大的事件相比，我们所遇到的问题如同蚂蚁一般渺小。可是现在的我们，却只能全力面对自己的问题，而无力关心其他的事。

我产生了一种与世间他事完全疏离的感觉。

有一种被社会的运转完全丢下的感觉。

事到如今我产生了一种无力感。这样的自己能够安然无恙地生活，本身就是一种奢侈了吧。我应该更早意识到这一点的。从发现浑身是血的倒理那天开始,我就应该明白这一点了。

可是,这样的话,我应该怎么做才好呢?

我将手指扣在双膝之间,看着病床上的友人。他像猫一样打着呵欠。与其说是睡着了,倒更像是无所事事的样子。

"四月开始,你的工作怎么办?"

"呜——美影看起来不会回来了。回爱媛随便找个工作吧……"

"我把我的工作辞了。"

"啊?"

"倒理,我们一起当侦探吧?"

倒理睁大的眼睛眨了两下。大概,这让他比被割颈时更加震惊吧。

"一起是什么意思啊?我给你当助手吗?"

"不是。"

"那我也是侦探?不好意思,我还没有当名侦探的自信……"

"没有吗?是啊,我也没有,"我用力绷住手指,"所以,才说两个人一起的。"

我们既无法独立,大概也无法协力吧。

可是,还是可以互补的。

倒理抬头看着我,沉默了好一会儿。他似乎是翘起了脚,毛毯下面微微鼓了起来。大概是在考虑吧,看被子下面他的脚的上下动作就知道了。

"我有个条件,"他马上带着明快的表情说道,"事务所的名字得由我决定。"

8

屋外的蝉鸣声响起。

透过关着的窗子,外面的蝉叫声听得并不清楚。与其说是被带回夏天,不如说让人有种被季节抛弃的感觉。

倒理像是正在上课的学生一般,用手托着腮。穿地则像是在忍耐着什么般闭着眼睛。委托人对于那杯特意给他泡的咖啡,一口都没有动,而只是把故事讲完。

"就是这么回事——唯一的出入口,也就是房间的门窗被上了锁,唯一的房间钥匙还留在房间内。房间里除了被割喉的受害者没有任何人,他应该也不会自己在房间内上锁。玄关和窗边都没有血迹。"

他所说的谜,是那天我们集合后,发现倒理,进入房间,而后到美影离开的整个经过。与我的记忆分毫不差。

"的确是密室。"不可能犯罪专家说道。

"是吧?你怎么看呢?"

"不怎么看。"

回答的人,不是侦探而是警部补。她不带犹豫地直接踏入问题的核心。

"凶手就是你,系切。"

"为什么?"

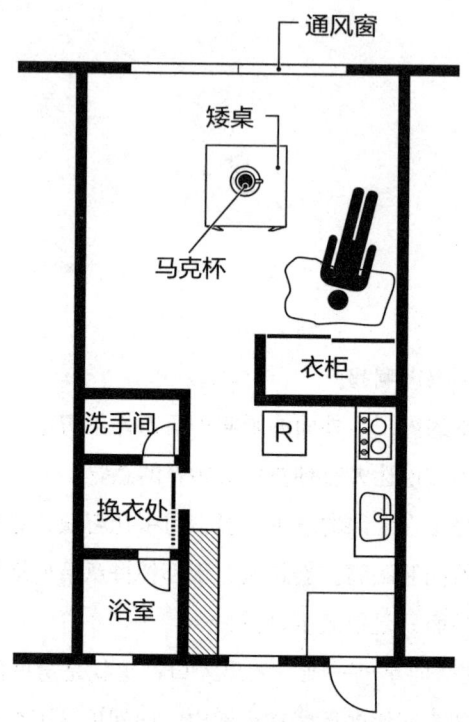

"因为现场留下了你的名字。没有其他原因。那天你比约定的时间稍早一点来到御殿场家。大概御殿场还想和我们再沟通一次关于杵塚的案子吧。你和御殿场言语上起了争执,不知道是故意还是偶然,你割破了他的脖子。而后你离开房间,装作若无其事地和我们会合。"

"稍早一点吗?"美影事不关己般地沉吟道,"的确,桌子上放着客人用的兔八哥马克杯,杯子里的咖啡还冒着热气。也就是说,之前的确有客人来过。"

"确实。不然我应该已经不会站在这儿了。"倒理补充道。

如果从事件发生到他被发现经过了太久时间,那他应该已经死了。是这个意思吧。

说起来这次会面的确奇妙。委托人在场，侦探在场，刑警在场，第一发现者在场，被害者也在场，甚至嫌疑人都在场。每个人都身兼数职，我们就像过去小组讨论那样，推动着话题。

"那么决，如果我是凶手，密室之谜又该如何解开呢？"

"那也是你的……"

"不，等一下。我们一项一项来解。"

美影将手伸进口袋，取出了一个我们十分眼熟的物品。那是一条三十公分长的绳线，上面挂着百元店的挂钩，前面则挂着一把钥匙。"你准备得不错啊。"倒理笑着说。

"倒理房间里的钥匙，平时是挂在电灯拉绳下面的。可是发现时，拉绳被切断了。而后在电灯下方马克杯的咖啡里被发现。绳子会是偶然间被切断掉进咖啡中的吗？不，应该不是的。"

美影将钥匙举到距离马克杯上方五十公分处，然后松开了手指。随着一声轻响，钥匙落入了马克杯中，而咖啡也随之溅出了咖啡杯外。

"如果钥匙是从灯绳的高度掉落，就像你们所看到的一样，咖啡会飞溅出来。但是当时桌上却是干净的。也就是说……"

他再一次拿起绳线，拿到杯子上面两三公分的高度放开。这次没有咖啡溅出。

"应该像是这样，在很近的距离故意把钥匙丢下去的。这是经由凶手之手所为。那么，凶手这么做的目的是什么呢？"

"为了把钥匙藏起来。"我张口说道。作为不可解专家，我觉得自己此时应该发言了。

"如果钥匙还是挂在电灯拉绳上，从窗户外往里看时，就能简单地确认钥匙还在不在了。而凶手正是要避免这一点。因为——当我们从窗外往里看时，钥匙并不在房间内。"

"也就是说,这就是诡计?"倒理说,"这是为了在打破密室之后,再趁乱把钥匙放进房间里?"

"是的。凶手把钥匙放在口袋里,在打破窗户之后,悄悄地把钥匙放进咖啡里。除此以外,没有其他能够制造密室的方法了。"

"还真是廉价的诡计啊。"

"你不就是喜欢这种东西吗?"穿地瞪了美影一眼说,"我也和片无意见相同。而且,那时只有你有机会往咖啡里放钥匙。我没有靠近过桌子,片无在房间外面。我们两个都没有注意到你的行动。"

"我制造密室的理由又是什么呢?"

"是为了逃脱。等御殿场醒了以后,如果他说出凶手就是你,那一切就完了。但是如果将现场制造成密室的话,你就可以说,自己并不可能行凶了。"

"也就是说,凶手的本意并不想杀死倒理。"

"……是这样吧。"

我希望是这样,她用了祈祷一样的说法。美影看向被害者的方向。

"倒理的意见呢?"

"我记不清五年前的事了。"

他已经把撒谎写在脸上了。美影像是预想到了他会这样回答一般点了点头。

"是我干的。钥匙是在破窗之后放进去的。侦探们,你们认可这个结论吗?"

"你的想法是错的。"

"大部分的观点是对的。事件的起因,就是对于杵塚实的处理产生了矛盾。钥匙是在事件发生后放进房间里的。也就是说，第一发现者的我们当中，就有凶手存在。可是，这人并不是我。"

"那么到底——"

而且，美影打断我说："凶手切断电灯拉绳的理由，也有些差异。虽然隐藏钥匙是最大的理由。但除此以外还有别的理由。"

他从杯子中将钥匙捞出。而后，又在和我们的视线相同的高度固定住钥匙。

就如同催眠师的五元硬币一般，钥匙在进行振子运动。

"从窗外看时，如果看到电灯拉绳上还挂着钥匙会怎么样呢？如果绳子还在轻微地晃动，第一发现者会怎么想呢？"

"……"

"我会这么想，'啊，凶手十秒二十秒之前还在这个房间，而且碰过钥匙'。凶手想要避免这一点。他甚至连按住钥匙让它停止晃动的时间都没有。"

他将绳索放下。而后等待我们的是美影的微笑。

"你想说什么？"

"这可是非常廉价的手法。凶手和其他两个人一起来到倒理的公寓，先是确认了房间的门是锁着的，而后提议去后院查看，并让其他两个人先走。之后凶手马上用钥匙开门，进入房间，再把钥匙放进咖啡里，之后从房间里出来，追上另外两个人。比起出入房间，绕到公寓后面的距离要更远，所以是可以追上的，也不用担心另外两个人会发现。一般来说，这种情况下走在前面的人是很少会回头看的……更何况，因为我们一直理所当然地认为，三个人是一起的。哪怕不说话，也会被先入为主地被"他就在后面"的观念所干扰。"

"……"

"绕到后院发现有人受伤之后,他让另外两个人先进入房间,然后在钥匙被发现之后进入房间,假借确认房间里有没有其他人的名目,走到玄关旁边。然后从房间内侧把门锁上。这样密室就完成了。"

"喂,等等,"穿地碰了一下美影的肩膀,"等一下,也就是说……"

美影没有回答。他已经开始紧紧盯着我了。

他开始对我说道:"还有好几个旁证。比如说,血迹,如果是用利刃切断脖颈,多少应该会有些血迹飞溅。但是我那天穿的是白衬衫。如果衣服上沾了血是无法掩饰过去的,而且我也无法隐藏凶器。可是,穿着大衣的人就可以做到。还有手套,你当时用手机拨打急救电话。你的手机是以前的那种翻盖手机吧。在我的记忆里,你当时把手套摘下来打了电话。戴着手套太滑当然不好按啦。可是,从玄关回来的时候,你又把手套戴上了。为什么明明是在室内,却要重新戴上手套呢?"

"……"

"还缺乏决定性的证据啊,"倒理说,"你说的全都不过是可能性而已。并没有完全能够证明这些的证据。"

"当然也有证据。"

美影在脖子前用两个手指比了个划过的姿势。

"'穿地,急救车马上就到。按住他的喉咙。止血。'"

他正确地重复了我当时说过的话。

啊——穿地沉吟道。

"决也记得吧,那时他的这段发言。在窗外时,他应该无法清楚地看见倒理的头部。而决走进来之后,也会挡住窗户的视线。而决在对外面发出指示时,也只是说了'片无,打急救电话！'并没有说明具体的情况。可是为什么……冰雨会知道伤口是在喉咙的部位呢？"

他的脸上既没有责备的样子，也没有夸耀的样子。只有像向父亲询问昆虫名字的孩子一般纯粹的声音。

我之前一直紧绷的肩膀失去了力气。不管经过什么样的路径，也发生了一些预想以外的事情，可最终还是走到了这里。我怎么就忘了这么简单的事呢？果然，我可能并不适合干这一行。

"算了吧，搭档，"倒理对我投来苦笑，"是我们输了。"

9

"你已经到了？"

是和昨天同样的迎接方式。

只不过今天倒理并非一脸没睡醒的样子。他穿着拉蒂尼的外套，敞开着拉链，感觉像是正准备出门的样子。

我用脚直接蹭掉了鞋子，走进房间。喂，倒理喊着我，我却没理他。房间里的电暖炉和电灯都关着，从窗外射进的夕阳，照亮着房间。那个达斯·维达的时钟显示现在刚到五点。

"你把集合时间搞错了吧？这对于像说明书一样的眼镜君你来说可是少见啊。"

"我早就把说明书扔了。"

"你要是把眼镜也摘了，就有点男子汉气概了。"

"你今天看着也挺硬汉的啊。为什么穿着外套？"

"……我准备去趟便利店。"

真有只为了去趟便利店就全副武装穿戴起来的学生吗？至少我面前的这位朋友，平时并不是这种人。

我坐在平时常坐的位置上，脱下了外套和手套。房间的钥匙仍然在我的脑袋上方晃荡着。倒理站在一边，警戒般地看着我，随后开口说道："那，我去趟便利店。你在家里等着吧……"

"你是去见杉好宏伸吧？"

听到我的话，倒理咬紧了嘴。

"你还是第一次跟我们说'一定要来'这种话，我觉得肯定有什么理由。你是想把我们聚到这里，然后自己趁着这个机会去吧？这样就不会有任何人打扰你了。因为我们总是会迟一点来，而几乎没有早到过。"

"理由啊……你为什么会对这种东西如此在意呢？"

倒理用力地挠了挠头。随后把拉蒂尼的外套放到了暖炉上。

"你喝什么吗？"

"咖啡。"

倒理从我的视线中消失了。我没有看他，而只是听着水管的声音，还有咔嚓咔嚓碰撞的杯碟声在耳边响起。一旦声音停止，我就马上追出去——虽然我这么想着，但事态却并未发展至此。几分钟后，他带着曼特宁的香气回来了。

兔八哥的马克杯被粗暴地放到了桌子上。我回着"谢谢"，却并没有伸手去拿的意思。取而代之的是，我悄悄将右手伸进牛仔裤的口袋。倒理盘着腿坐在我对面。而我们也像昨天一样，像平时一样，两个人面对面，中间隔着矮桌。

我盯着倒理那双经常被人说是恶魔般的细细的眼睛。倒理则盯着我——虽然经常被他这么说，我却不知道为何——清爽的眼睛。

除了从杯子中冒出的热气，没有任何动静。

除了杯子上画的兔八哥，没有人笑。

"我去见杉好有什么问题吗？"

"我们都反对告诉他真相。昨天已经说过了。"

"我知道。所以我决定一个人去。"

"我也知道。所以我是来阻止你的。"

"阻止？别浪费时间了，"倒理打量着房间里，"美影说了几千次，我也不会收拾房间的。我啊，就是这样，不喜欢听别人的话。"

"……这一点我也知道。从第一次见到你就知道了。"

"那，你就在这里喝咖啡等着吧。"

倒理站起身，从暖炉上取下衣服。而我也跟着马上站了起来，拦在了房间的出口处。这位友人怜悯般地摇了摇头。

"怎么了？"

"为什么要去？为什么要做到这种程度？"

"只是想按道理行事。"

"你可不像是会讲道理的人啊。"

"你这么看我吗？"他自嘲般地笑了起来，"和工作相关的事，我都很认真的。"

"请重新考虑一下吧。"

"我拒绝。你才是，为什么非要阻止我不可呢？"

"我不想让杉好成为复仇者，我也不想让你……"

"抱歉，没时间了。我要走了。"

倒理推了一下我的胸口。那是一种带着劝解意味的轻柔的推搡。我向前一步，抓住了他的手。因为太用力，倒理皱起了眉。我们的平衡被慢慢打破了。在夕阳无法照射到的阴影中，我们开始了无声地较量。

我的另一只手，已经伸进了口袋。

"闪开，"倒理的语气强硬起来，"我可没有你那么温柔。"

"温柔的人，"我将手从口袋中伸出，"是你吧！"

我挥动着手腕。红色稍微沾染了我的袖子，最开始我还以为挥空了。

然而倒理猛地按住了自己的脖颈。他左手抱着的外套再度掉到了地上。而后他摇晃着退后了两三步，撞到了暖炉上。他手心里流出的血，像打在窗上的雨滴般滑落下来，流向手腕。

　　我带着粗重的呼吸看着这一切。啊，我发出了一些无意义的声响。可是要说什么，连我自己都不知道。与倒理对上视线，我不知道该说什么了。

　　不知道为什么，面对着我的倒理好像很高兴。

　　"刚才我说错了，"倒理用沙哑的声音说道，"你还是戴着眼镜比较好。"

　　他直接栽倒在衣柜前的床铺上。

　　不管是房间中，还是我的大脑中，都充满了让人难受的寂静，只能听到时钟的声音。

　　我确认了一下时间。穿地和美影马上就会过来。我打量着这个六叠房间，思考着自己应该怎么做。我穿上外套戴上手套，将杯子移动到电灯正下方，再用刀子切断电灯拉绳。将钥匙连带上面的那截拉绳放进大衣的口袋中，走了出去。

　　而后，我用钥匙锁上了门。

10

"有点冷啊。"美影一边说着,一边按着遥控器。

久病初愈后就开始高强度工作的空调,运转的声音终于变得更低了一些。我还没有回话,倒理就有些怀念似地用手摸着自己脖子处的衣服。

那是被我留下的伤痕。

穿地抓着玻璃杯,一口气将苏打汽水喝光。这位喜欢零食的警部补,终于冷静下来一点了。

"那么,那个信息是……血字的意思是什么?为什么系切消失了?"

"不可解专家先生,你怎么看?"美影问道。

我说着"这是因为……"而后停下了。

关于那则留言,我确实无法理解。这是真正不可解的难题。这是倒理所写下的。这一点没错。但是为什么没有写我的名字,而是美影呢?

"你知道吗?"

听到倒理的反问,美影点了点头。

"那时,在冰雨提到喉咙的伤时,我已经察觉了凶手是谁。而且知道应该是为了阻止倒理去通知杵塚的事而所做的。可是屏风上却写着我的名字。我是这么理解的,这是——委托。"

我吃了一惊。

现在在这里的，是当时与事件相关的全体人员。

侦探，刑警，被害者，发现者，凶手。以及——委托人。

"那天，倒理是准备去杉好宏伸家吧。可是他的脖颈被割，无法动弹，也发不出声音。这样的话该怎么办呢？很简单。只要让朋友代替他去就好了。所以倒理在昏过去之前，用尽最后的力气，写下了我的名字。就像是得了感冒的学生，发邮件找朋友去替他打工一样。只是这样。就是这么回事。"

"不愧是名侦探啊。"

这是来自谜题制造者本人的赞赏。可是他的笑容马上就凝结了。

"给你添麻烦了。"

"不，从结果上来看倒是挺好的。我果然不适合做侦探。"

——这样我很为难啊，倒理。

美影看到留言时，说出的那句话，再次在我的脑中浮现。

现在想想，这不就是被人拜托了莫名其妙的请求的人常说的一句话嘛。而那之后，他就离开了。没有跟我们打招呼，也没有去关心受伤的人。只是专心地急忙离开了。

"是因为接到了委托吧？"我问道，"那之后，你去见了杉好先生吧？"

"飞机当时马上就要起飞了。"

"……杉好先生，对杵塚做了什么吗？"

美影没有回答。他将手伸向马克杯，第一次喝起了咖啡。温热而味苦的黑色液体，被这个温厚的青年无声地吸入身体。

那天的美影，大概也背负着重担吧。

对于喜欢轻轻松松的他来说，那应该是第一次。虽然也可以选择将那重担丢掉,他却选择继续背负着前行。不知道是被挤压着变了形,还是并没有受到压迫而自己主动改变了形状,又或者是,发现了自己最初就是这样的形状。总而言之,他得出了结论。他真正适合的,是那样的工作。

所以,他从我们的世界里消失了。

我侧过身体。倒理也露出一脸无聊的表情看着我。把我下定决心的行动付诸东流了啊。不好意思,不过没有刺中你喉咙这事好像更糟。我们只靠表情交流着想法。确实,在做坏事这方面,我们还真是彼此彼此。

穿地后仰了一下脖子,对着天花板叹了口气。

"只有我什么都不知道啊。"

"抱歉,决。"

"算了……你本来就是这种人。"

"不过还是有点震惊吧。"

"闭嘴吧。"她一边说着,一边敲打着美影的肩膀(使了很大的力气)。就在他俩交手期间,穿地的视线投向了我。

"片无。为什么要袭击御殿场?应该没有必要做到这种程度吧。"

"……因为我无论如何都要阻止他。"

"为什么?"

"为什么……"

我回忆着。那是在研究组课程结束纪念兼《企鹅公路》获得SF大奖纪念会的回去的路上。在那个深夜里,我一边在电车里摇晃着一边想到的事。

是关于倒理的。他说话总是阴阳怪气,又是个爱好奇怪的问题儿童,我总是难以捕捉到他的真实想法,我想的就是这样的友人的事。我正孕育着危险的情绪。

我闭上眼睛。吐露了这五年零几个月中一直沉默的秘密。只用一句话就可以概括。

"我不想让倒理成为犯罪者。"

解谜结束了。

11

不过，这一切还没有结束。

洗完三个玻璃杯加一个马克杯后，我把它们移到沥水架上。还在煮饭的电饭锅扑哧扑哧地吐出水蒸气。我擦了擦手，回到客厅，此时外面的天色已经暗了下来。倒理躺在沙发上，若无其事地翻着电影杂志。

——终于无事一身轻了啊。

留下这句话后，委托人便一边哼着廉价诡计乐队的 *It All Comes Back To You* 一边回去了。穿地也和他一起出了门。她向我们打听最近的咖啡馆在哪里，可是我们也不知道，最后又被她（相当重地）踹了小腿。

五年没见的这两个人，到底会说些什么？以后又会如何呢？穿地会逮捕他吗？还是会让他逃走呢？哪怕让他逃走，以后美影也总会出现的吧。无论如何，以后都不会比现在的情况更糟了。

我在那个一头卷毛的人旁边坐下。倒理把脸藏在打开的杂志里，只能看到他手里的笔在时不时地写着什么，大概是在玩杂志里的字谜游戏吧。

"模拟电视机时代，在节目结束之后播的东西。假名六个字。第一个字是S。"

"……沙尘暴？"

"字数不够。"

"嗯,那雪花噪点?"

"雪花噪点吗?"

"这是正式名称吧。"

"还有这么脏的雪啊。"

他的笔再次动了起来,马上又停下来了。他以这种姿势写字很痛苦吧。我已经想象出那写得乱七八糟的格子。可是就算再难看,只要写出答案就好了。

"对了,有一件事我忘记问了,"倒理的声音穿过杂志传了过来,"你为什么要制造密室呢?是为了搪塞过去吗?"

"答案是几个字?"

"几个字都行啦,不过拜托你简短点儿。"

"……是为了不搪塞过去吧。"

如果不将门锁上而直接离开,那么任何人都可以成为嫌疑人。如果这样,可疑者闯入的说法——就能够成立了。

我大概,就是讨厌这样的结果吧。

我希望将这些事件的范围,保留在我们几个人当中,也期待着可以赎罪。美影也好,穿地也好,醒过来的倒理也好,我希望他们能够看破整个事件。我的心中存在着这样的矛盾。

可是说到矛盾,我也想要听听他的。

"你为什么不说出来,我就是凶手的事呢?"

是我割破了倒理的脖颈。如果用棒球中的打线来形容人所遭受的暴行,那倒理遭遇的无疑是四号投手级的。

然而倒理却从来都没有责备过我。他从在医院醒来的瞬间,不,从我割破他脖颈的瞬间就这样决定了。哪怕被人问起凶手是谁也不回答,每每被问及便岔开话题。明明知道是我干的,却一直庇护着我。

"不可解专家应该明白这一点吧？"倒理干巴巴地回答，"我也不想让你成为犯罪者啊。"

我不禁侧身看了他一眼。却只看到马特·达蒙式的笑脸。

我靠在沙发上，发现镜片上沾了我的指纹。我把眼镜摘下，因为找不到眼镜布，便用衬衫一角擦了起来。结果没有擦干净，反而让污点更大了。

"我们大概都是笨蛋吧。"

"你现在才发现吗？"

他用充满自嘲意味的声音说。我裸眼看过去，却只能模糊地看到倒理的轮廓。不过就算戴着眼镜，也无法穿过杂志看到他的脸。

我们以后要怎么办呢？

五年前的秘密已经暴露了。作为当事人的我们，从最开始就清楚地知道答案，所谓的解谜也不过是形式上的确认罢了。可是，我感觉有什么裂缝出现了。那些一度被我们埋藏的东西，还能够安然无恙吗？说起来，倒理希望修复它吗？

我一边迷惑着，一边想要出声时——

咣、咣、咣咣咣。

敲门声响了起来。

我们的起居兼办公的侦探事务所门口的玄关处，没有安装对讲机，也没有门铃和电铃以及门环。

因此来访者必须直接用手敲门。

咣咣咣、咣咣……咚、咚，敲门声继续响着。

"最开始的敲门声带着疑惑，"是合上杂志的声音，"应该是第一次来我们这里。"

"……敲门的间隔声很短,所以应该是慌慌张张的。但另一种敲门声却是弱音。大概……"

"是小孩子吧。在学着家长一起敲门。"

"是带着孩子的焦急客人,一般来说普通人应该不会在这个时间登门。"

"也就是说——"

"是委托人。"

我重新架好眼镜。模糊的世界恢复了原样。

而我旁边的倒理笑了起来。

虽然是恶魔般让人不太舒服的笑,我却无论如何都恨不起来。他那张比家人还要让我看厌的脸,露出了和平时一样的笑容。

我们不约而同地相视着耸了耸肩,从沙发上站起来。

KNOCKIN'ON LOCKED DOOR 2
Copyright © Yugo Aosaki 2019
Illustrations © Shinya Yokokawa 2019
Cover Illustrations © Ako Arisaka 2019
Simplified Chinese translation rights arranged with TOKUMA SHOTEN PUBLISHING
CO., LTD. through East West Culture & Media Co., Ltd., Tokyo.
Simplified Chinese edition copyright: 2021 New Star Press Co., Ltd.
All Rights Reserved

图书在版编目（CIP）数据

敲响密室之门.2／(日)青崎有吾著；赵婧怡译．——北京：新星出版社，2021.6
ISBN 978-7-5133-4512-5

Ⅰ.①敲… Ⅱ.①青… ②赵… Ⅲ.①长篇小说－日本－现代 Ⅳ.① I313.45

中国版本图书馆 CIP 数据核字（2021）第 085175 号

午夜文库
谢刚 主持

敲响密室之门 2

［日］青崎有吾 著；赵婧怡 译

责任编辑：王　萌
特约编辑：刘　琦
责任校对：刘　义
责任印制：李珊珊
装帧设计：冷暖儿

出版发行：新星出版社
出 版 人：马汝军
社　　址：北京市西城区车公庄大街丙3号楼　100044
网　　址：www.newstarpress.com
电　　话：010-88310888
传　　真：010-65270449
法律顾问：北京市岳成律师事务所

读者服务：010-88310811　service@newstarpress.com
邮购地址：北京市西城区车公庄大街丙 3 号楼　100044

印　　刷：三河兴达印务有限公司
开　　本：910mm×1230mm　1/32
印　　张：8.375
字　　数：112千字
版　　次：2021年6月第一版　2021年6月第一次印刷
书　　号：ISBN 978-7-5133-4512-5
定　　价：48.00元

版权专有，侵权必究；如有质量问题，请与印刷厂联系调换。